又读沧海

20年海外漂泊的心路历程

刘再复 著

廣東旅游出版社
GUANGDONG TRAVEL AND TOURISM PRESS

图书在版编目（CIP）数据

又读沧海 / 刘再复著. -- 广州 : 广东旅游出版社, 2013.6
ISBN 978-7-80766-498-7

Ⅰ. ①又… Ⅱ. ①刘… Ⅲ. ①散文诗－诗集－中国－当代 Ⅳ. ①I227

中国版本图书馆CIP数据核字(2013)第069464号

◎责任编辑：江丽芝　冯婉
◎封面设计：柏拉图
◎正文设计：何汝清　谢晓丹
◎责任技编：刘振华
◎责任校对：李瑞苑

出版发行 廣東旅游出版社
GUANGDONG TRAVEL AND TOURISM PRESS
（广州市越秀区先烈中路76号中侨大厦22楼D、E单元　邮编：510095）
邮购电话：020-87348243
广东旅游出版社图书网
www.tourpress.cn
深圳市希望印务有限公司印刷
（深圳市坂田吉华路505号大丹工业园二楼）
开本：889毫米×1194毫米　1/32
印张：8.875
字数：83千字
版次：2013年6月第 1 版
印次：2013年6月第 1 版第 1 次印刷
印数：1-3500册
定价：25.00元

目录 contents

可能的绝唱……141

独语

美国作家爱默生说："我爱人类，但不爱人群。"我的心与爱默生相通。人类整体是真实的，每一个体也是真实的，但一团一团人群的真实却值得怀疑。

瞬间 <<<<<<<

在芝加哥大学的校园，已经历了第二个秋天。

两个秋天都来得非常突然，都在我没有任何心理准备的时候突然展示在我的面前。

今年的秋天是在一个周末来到的。昨天，屋前的大树还在阳光下闪着绿，而夜里一阵秋风之后，今天早晨，却突然满树是黄叶子。有些叶子还在枝上抖擞，有些叶子则已开始了第一次秋的飘落。在依旧苍翠的草地上，已有第一群秋的使者。

秋是在一刹那间到来的。就在一瞬间里，生命更换了一个季节，世界呈现出另一种风貌。我既没有为夏天的消失而伤感，也没有为秋天的突然降临而狂喜，只是惊讶于昨天与今天之间的一瞬。神奇的一瞬，改变了大自然生命形式的一瞬。瞬间的魅力，常带给我永恒的激动。

我想到，人的生命也如大自然的生命一样，常在瞬间完成了精彩的超越，生命的意义就蕴含在一刹那的超越之中。在一刹那间，生命突然会奇迹般地涌出一个念头，一种思想，一股激情。这种不知来自何方的念头与情思，强迫你立即作出判断和抉择。在那一瞬间，你并没有意识到此时此刻的判断和选择如此重要，然而，正是这一时刻的选择，使你的生命意义和生命形式发生了巨大的变动。也许，就在这一瞬间，你的灵魂已经跪下，成为魔鬼的俘虏和合作者；也许就在这一瞬间，你的灵魂往另一方向飞升，穿越了庞大的痛苦与黑暗，甚至穿越了残酷的死亡，实现了灵与肉的再生。这一刹那，就是偶然，就是命运。

我常常感到瞬间的神秘。这种难以描述也难以测量的力，可以摧毁一切，包括摧毁坚固的秩序和被称为“必然”的许多庞大的规范和权威，也可以摧毁自己在内心中营造多年的全部精神建筑。然而，这种力也会把智慧之门突然打开，让生命增加许多奇气。很多长久折磨过我的困惑和许多长久煎熬过我的书本上的难题，就在瞬间中消解了，明白了。我觉得自己对于自身的存在和自身之外的其他无穷存在的领悟，就实现于瞬间之中。

瞬间，还常常改变自然时空与现实时空的程序，使过去、现在、未来，全跃动在我的思绪里。瞬间中，我可以驰骋于古往今来的沧桑之中，感悟到生命的短暂，也感悟到生命的永久。近代大哲人海德格尔关于存在与时间的学说，最初是否也发生在瞬间的感悟之中呢？他对宇宙、社会、人生暂时的关怀和永久的关怀，以及两种关怀之间的思辨，是否就在一个顷刻之中萌动呢？

我常常感到我的周遭到处是围墙，我就生活在围墙的笼罩之中。然而，就在一刹那间，我突然会完成一次勇敢的突围和穿越高墙厚壁的尝试。此时，我没有意识到危险，更没有意识到死神已逼近我的身边。只是在这一瞬间过后，我才意识到危险已被我战胜，死神已被抛在远处，我的生命已获得了一次新的证明。我为自己高兴，并感到生命并不脆弱，就像从夏树飘落而下的叶子：不是死亡，而是进入厚实的大地给秋作证。秋是美丽的，值得我为她作证。

当我发现自己没有被他人他物所确定的时候，真是高兴，因为我知道被确定的生命是没有活力的。只有不被他人他物所确定的生命，才有属于自己的绿叶、黄叶与红叶，才有属于自己的生长、发展、飘落以及再生的故事。我真高兴，我将继续经历许多突然降临的春夏秋冬和突然而来的一刹那。既然能看到瞬间的飘落，就能看到瞬间的萌动和瞬间的大复苏。瞬间虽然无定，但我信赖它。

满海光明 ‹‹‹‹‹‹‹

因为往返于东西方之间，常常从飞机上俯瞰观赏海洋。空中看海，像是看梦。眼下的海是朦朦胧胧的无边无际的墨蓝色，空间与时间都凝固在墨蓝色的梦中。有一回，正当我向下俯看的时候，突然有一股强烈的阳光穿过云层射向大海，顿时，大海变成铺上一层黄金的巨大蓝宝石，而且放射出一种奇异的、令人震撼的大光明。这是天空与大海拥抱的瞬间突然迸发出来的天地大激情。这么雄奇的蓝宝石，这么浑厚的大光明，这样壮阔的大激情，居然就在我的脚下与眼下。世界真是应当由自己来发现，任何书本都不可能给我展示这种梦一样的奇观。

就在这个瞬间，我的内心充满生机与活力，感到自己生命帷幕上又一次出现了辉煌的日出。也是在这个时候，我又想起罗曼•罗兰的话：一个真有眼睛的人，一滴光明等于汲取不尽的宝藏。而我眼下不是一滴光明，而是整整一海一洋的大光明，是梦一样无边无际的大明净与大辉煌。有此大辉煌，还悲愁吗？还彷徨吗？还感伤吗？还放不下输赢得失吗？无须别人慰藉与自我慰藉，一切都取决于你自己有没有一双能够发现光明与容纳光明的眼睛。

对于一双真正的眼睛，有一滴光明就够了。有一滴光明就足以对付所有的黑暗。而此刻我拥有一海的光明，还害怕黑暗吗？还害怕黑暗的动物吗？不必祈求救星，不必仰仗舵手。放下昨天那些懦弱的歌，相信只有你才是你自己灵魂的船长。

从空中看海，真像看梦。

死得其时的落叶 <<<<<<<

去年，我在美国度过第一个秋天。到了秋末，一连接到几位朋友盛情的邀请，而且全是邀我去观赏落叶。

接到第一个电话，我马上婉言谢绝了，落叶有什么好看？然而，接连不断、不约而同的邀请，终于使我动心。

我终于在一个星期日和欧梵兄等几个朋友到爱荷华去观赏将逝的秋色，这一去，真是饱览了一次落叶的壮观。

落叶竟有如此雄大的气魄，层层叠叠，一望无边，从眼前一直伸展到看不见的远处，整个山坡，整个树下的大地，全被它所覆盖。微风一吹，叶浪翻卷着，像是缓缓跃动着的海洋，真令人心动。我踩着落叶，往林间走去，落叶轻弹着我，发出一种秋的响声。许多红艳的叶子尚未枯萎，在阳光下闪烁，像是不灭的灵魂在报告生命完成的信息。树下的空气格外清新，我饮着秋的清香，如同饮着清茶。一路踩着，一路饮着，我的心竟扑腾扑腾地跳着——

哦，生命飘落的时候竟是这样美！生命及时死亡的时候竟是这样动人！

就在树下，我想起了许多美丽的死亡的故事，还想起尼采的《查拉图斯特拉如是说》所说的那句著名的话：“死得其时！”

尼采呼吁人们要死得其时，感慨有些人死得太早，有些人又死得太晚。他告诉人们，一个死得其时的人，就是一个能够掌握自己的生命的人。有力量驾驭自己的生命，是值得赞颂的。凡是珍惜名誉的人，应当在光荣尚在的时候及时离去。一个人在最富有韵味的时候，应当知道如何防止自己被品尝尽。他特别告诉一些衰老而生命趋于败坏的人们说："毒虫正在啮着你的心灵，死对于你倒是好些的。"即使不死，也不要多说话："一张没有牙齿的嘴，是不再具有说出真理的权利的。"尼采把死亡看作人生的庆典，所以他把能否把握死亡，视为能否掌握生命的标志。

我于是又想到落叶，秋叶及时而死正是证明大地拥有力量驾驭自己的生命。秋叶之死，不是人造的溃灭，而是自然的生命节奏，因此，它显得更美。我终于明白了，朋友们让我观赏的，原来是这种伟大的生命节奏。

《独语天涯》自序 ‹‹‹‹‹‹‹

1

我喜欢何其芳年轻时的诗文，尤其是他的《画梦录》。出国之后，我常望着高远的天空和低回的云彩，想起其中的名篇《独语》和它的画梦般的句子：“昏黄的灯下，放在你面前的一册杰出的书，你将听见各个人物的独语。”温柔的独语，悲哀的独语，或者狂暴的独语。每一个灵魂是一个世界，没有窗户，而可爱的灵魂都是倔强的独语者。借用老诗人“独语”的概念和它的如梦如画的诗意，我穿过历史耀目的长廊，又一次展开心灵之旅。

2

漂流之夜。没有圆月，没有星斗，于幽暗中我什么也看不见。然而，因为独语，我感到肉眼看不见的兄弟姐妹就在身边，百种草叶与万种花卉就在身边，远古与今天的思想者就在身边。黑暗企图吞没一切，但我却听到暗影深处和我共鸣的轻歌与微语。我的故乡就在母亲语言与兄弟语言中。我的祖国乘坐语言和我来到另一片土地。故乡就在苍老而年轻的方块字中。于是，我在虚无中感到实有，在乌黑中看到薄明与亮色。

3

漂泊者用双脚生活，更是用双眼生活。他用一双永远好奇的童孩眼睛到处吸收美和光明。哲人问：“小溪流向江河，江河流向大海，大海又流向何方？”我回答：“大海流向漂泊者的眼里。”歌德在《浮士德》中说：“人生下来，就是为了观看。”真的，人生下来就是为了观赏大千世界与人性世界的无穷景色。所以，在我的远游岁月与独语天涯中，一直跳动着乔伊斯的这句话：漂流就是我的美学。

4

英国思想家卡莱尔说：“未曾哭过长夜的人，不足以语人生。”日本文学批评家鹤见佑辅在他著写的《拜伦传》序言中引述了这句话。

我曾经在最爱我的祖母逝世时哭过长夜，曾经在故乡的大森林被砍成碎片时哭过长夜，曾经在看到慈祥而善良的老师像牲畜一样被赶进牛棚时哭过长夜，曾经在殷红的鲜血漂向大街时哭过长夜，曾经在被抛入异邦之后面对无底的时间深渊哭过长夜，我还经历了一轮又一轮的炼狱，胸中拥有许多炼狱的灰烬。我应当拥有独语天涯的资格了。

5

像那些在沙漠荒野中身陷孤独的求道者，我常对自己提出的问题是：“我还能做什么？”寻找答案时，想起了尼采的话：“真理开始于两个人共同拥有的那一刻。”可是我只有一个人。然而，我立即想到：主体多重，我不仅是一个现在的自己，而且还有一个过去的自己和未来的自己。分明是三个人。我可以和他们对话，可以和他们共同拥有真理启程的时刻。

6

“在大浪滔滔的既往与未来的合流之中／在永恒与现在之中／我总看到一个‘我’像奇迹似的／孤苦伶仃四下巡行”——这是泰戈尔的诗句。

我看到的自己也是孤单的身影，踽踽独行在宏观的历史大道与微观的现实羊肠小路上，独语在过去、现在、未来三个时间维度上。虽是无依无靠，无立足境，却与滔滔大浪共赴生命之旅，在莽莽苍苍的大宇宙中，与神秘的永恒之声遥遥呼应。于是，尽管独行独语，却拥有四面八方，古往今来，身内身外。

7

心灵之窗敞开着，面对着共存的一切：太阳与墓地，存在与时间，洪荒与文明，星斗与小草，婴儿宇宙与孩提王国，罗马古战场与“阿芙乐尔”号炮舰，柏拉图的理想国与奥斯维辛集中营，荷马的七弦琴和乔伊斯的意识流，中国的长城与博尔赫斯的迷宫。在思想的漫游中，我时而与唐·吉诃德相逢，时而与哈姆雷特相逢，时而与贾宝玉、林黛玉相逢，时而与达吉雅娜与洛丽塔相逢。冲锋、犹豫、迷惘、忧伤，不同颜色的独语，我都能倾听，而对于我的独白，他们难道就只有沉默吗？

8

丹麦哲学家、存在主义先驱克尔凯郭尔在《非此即彼》书中写道："你知道我很喜欢自言自语。我发现，在我的相识中间，最有意思的就是我自己。"我相信北欧这位大哲人的话，因为他拥有自己的语言，那是他存在的第一明证。可是，二十年前，我绝不敢承认这句话，因为那时候我丢失了自己的语言。丧失个体经验语言，只会说党派和集团的语言，这不是真的人，而是一只鹦鹉，一个木偶，一副面具，一堆稻草，一颗螺丝钉，一台复印机，一条牛，甚至是一只蜷缩在墙角时而咆哮时而呻吟的狗。

9

九年前的那个夏天，烈日几乎把我的体力蒸发尽了。在疲惫中，我觉得自己的身上什么也没有剩下。对着天尽头那灰蒙蒙落日，我突然产生一种“惊觉”，这也许就叫做“顿悟”。我想到，头一轮的生命终结了。过去，我曾经向故乡索取过，故乡也曾给予过，而我也努力偿还，以致最后为了故乡的孩子站在烈日的曝晒下呼喊。我能给予的都给予了。我不再欠债。我已从沉重的阶级债务和族群债务中解脱。这是生命的大解脱。一阵大轻松如海风袭来。轻松中我悟到：此后我还会有关怀，然而，我已还原为我自己，我的生命内核，将从此只放射个人真实而自由的声音。

10

惊觉之后，我在镜子前看到的自己是完整的，不是碎片，也没有装饰。这是生命的原版。母亲赋予的生命原版，不再被意识形态所剪裁、所截肢、所染污的生命原版。美极了，葳蕤生辉的生命原版。这是神奇童年的心和手，这是自由歌哭的咽喉，这是丛林般的还带着嫩叶清香的头发，这是亲吻过大旷野并播放着泥土香味的嘴唇，这是能看穿皇帝新衣的眼睛，这是瞳仁，闪闪亮亮地正在映射着每日常新的太阳。

我要在生命的原版上写下属于自己的文字。我的仁厚无边的天父与地母，我爱你，我要献给你最美丽的礼物：心灵的孤本，生命的原版，还有天涯的独语。

11

拒绝合唱。埋头在山西高原上写了《厚土》、《旧址》、《无风之树》的李锐，突然抬起头来说：“拒绝合唱！”这是一个写作者在黄土高坡上的独语，然而，它该也是一代惊觉者的独立宣言。我要在宣言书上签字，我要在签字后发出更响亮的生命的歌哭，我要独立咀嚼天地的精英然后独自吐出我的蚕丝我的独唱和可能的绝唱。合唱已吞没了我的青年时代，我不能再把整个人生送到合唱里，我已看清合唱的媚俗与空洞，我已给合唱的指挥员发出拒绝的通知。

12

没有拒绝，便没有生活。没有良知拒绝，不可能有良知关怀。面对黑暗与不公平，左拉发出的声音是“我抗议”，冰心发出的声音是“我请求”。请求是妥协性抗议，也不容易。我无法再面向庞大的客体，但我可以要求主体发出声音：“我拒绝！”至少必须拒绝谎言，失去拒绝能力，就意味着把自己交给撒谎的世界。

13

此刻，康德从他的林间小道散步到我的心间小道。依依稀稀，我听到了他的独语：“人之可贵，是他只遵从自己所发出的法则。这些法则不是他人提供的，而是自己生产出来的。”这是康德对我的第一百次提醒。不错，我的主体，黑暗主体、懦弱主体、混乱主体匮乏都是因为我太崇尚他人提供的原则，遵从的结果只有一个：只能说他人的话，无法履行内心的绝对命令，包括天真天籁的命令。于是，正如天空失去星辰，我失去了地上的道德律。

14

窗外是穆穆的秋山，山中是娓娓的秋湖，屋内是雪白的书桌，桌上是素洁的稿子。没有人干预我、骚扰我。太阳只给我温暖与光明，没有叫嚷；思想大师与文学大师们只给我智慧、思想和美，没有喧嚣。伟大的存在，无须自售。活着真有意思，活着可以和太阳、山川及人类的大师们交谈。紧紧抓住活着的一刹那，一片刻、一瞬间。死了之后，太阳对于我没有意义，大师的精深与精彩也不再属于我。

15

层峦起伏的远山，在缭绕的薄雾中屹立。夕阳还在，黑夜尚未完成它的大一统。我又沉浸于寂静中。我不仅看到寂静，而且听见了寂静。易卜生在《当我们这些死者苏醒的时候》一剧中，让一个人物轻轻地问另一个人物：“玛亚，你听见寂静了吗？”如果这是问我，我要回答：“听见了，我听见了群山孤岭的寂静，听见了星河银汉的寂静，听见了高原上大森林颤动的寂静和云天中兀鹰翱翔的寂静，听见太阳与小草在相依相托中爱恋的寂静。”寂静不是死灭，寂静是孕育。死亡是轰动，孕育是沉默。

16

不仅是易卜生听到了寂静。所有天才的诗人与作家都能听到寂静。他们具有第二视力也具有第二听力。这种听力是伟大造物主赐予他们的内听觉。贝多芬耳朵聋了的时候却创造了人间最美的音乐，他显然听见了大寂静中的大韵律。第二听觉使大艺术家们从“无”中听到“有”，从虚无与沉默中听到潜在的大音，这是万物万有从“无”中远远走来的足音，这是正在孕育、正在诞生的足音。不论是从母亲腹中走来的孩子还是从宇宙深处走来的星光，他们都能听见其天乐般的情韵。唯有这些无声中的有声，具有永恒之美。

17

薇拉•妃格念尔，我心目中最高贵、最美丽的俄罗斯女性。你出身贵族家庭，才貌非凡，本可享受荣华富贵，却偏偏同情穷人、投身革命，坐牢了二十年。你在自传《俄罗斯的暗夜》中说：“孤独与宁静使人心神专注，更能倾听过去的诉说。”人类精神宝库中最丰富的部分，不是今天的诉说，而是过去的诉说，是从苏格拉底、荷马开始的伟大死者们的诉说，这些伟大灵魂的诉说镌刻在书本上。书本没有声响。书海是一片大寂静。

18

此刻，我听到了“过去的声音”，听到了柏拉图与亚里士多德的诉说；听到了康德与陀斯妥耶夫斯基的诉说；听到了乔伊斯的《尤里西斯》和普鲁斯特的《追忆似水流年》。他们的诉说是那样冗长而深奥，我常常站在他们的门外。这回，孤独与宁静把我带进门里，我终于领略了他们的诉说。《尤里西斯》的门槛，连福克纳都觉得难以踏进，但他踏进了。他说：“看乔伊斯的《尤里西斯》，应当像识字不多的浸礼会传教士看《旧约》一样：要心怀一片至诚。”孤独、宁静、至诚，这三者把我的心扉打开了，过去一切最深邃的独白与对语汩汩地流入我的血脉，多么美妙多么迷人的过去的诉说呵，可惜我倾听得太晚了。

19

妃格念尔，当沙皇的王冠落地，当你所献身的目标像东方日出，当人们都沉醉于革命的狂欢节之中，你还喜欢孤独与宁静吗？宁静与孤独是逍遥之罪吗？

你会为狂欢节中的孤独者与独语者辩护和请命吗？记得帕斯捷尔纳克在《日瓦戈医生》里对着狂欢的人群说：“个人的生活在这里停止了。”真的停止了吗？应当停止吗？革命注定要抹掉个人生活与独自行吟的权利吗？能回答我吗？诗一样美丽的革命家。

20

夜半时分，我推开了窗户。窗外除了远空中的几颗疏星闪烁之外，全是无。无声、无息、无歌、无曲，千山无语，万籁无音，连长堤那边的公路上也没有喧嚣，没有笛鸣。宁静压倒一切。此刻，我意识到大寂静的浓度。浓得像蜜，像酒。我闻到蜜和酒清冽的香味，并渴望吮吸。于是，我朝向空中伸出双手，然后深深呼吸。我的思想除了需要盐的泡浸之外，还需要蜜和酒的滋润。伟大的、辽阔的北美大地，对于别人来说，也许意味着黄金，意味着白银，而对于我则意味着蜜和酒。

21

天底下有谁会像我这样迷恋蜜和酒？天底下又有谁在痛饮一片虚无的液汁后又如此迷恋自己的独存独在独思独想独歌独诉独言独语？如果不是被群体的喧嚣所愚弄，如果不是当够了被伟人与群众操纵的布袋木偶，如果不是听够了以阶级的名义革命的名义国族的名义发出的慷慨陈词，如果不是看够了用一千副面具表演的历史悲剧与闹剧，如果不是连自己也说烦说腻了从一个模式里印出来的话语，我怎能从睡梦中醒来，怎能知道夜半的蜜夜半的酒夜半的大寂静如此清醇，一滴一滴都在激发我生命的自由创造与自由运动。

22

终于远离噪音。我的故家就在深山老林中。小时候，我害怕猛兽，但喜欢听到山谷里的虎啸，那一声声雄伟，启蒙了我的孩提时代的豪情。然而，我始终讨厌蚊子的嗡嗡，这种噪音真会伤害人的灵魂。我少年时的浮躁，显然是蚊子激发的。叔本华认为思想者最好是聋子。他厌恶噪音，以至埋怨造物主造出人的耳朵必须始终竖立着始终开放着是个极大的缺陷。如果耳朵可以自由开翕，随时可以关闭，生活一定会美满得多。

23

都说上帝担心人们沉醉于寂静安宁的生活，会不思进取，才制造出撒旦来激活人的热情。可是，我明明看到太阳是孤独的，月亮也是孤独的，它们无须魔鬼的刺激也天天放射光明。上帝何尝不是孤独的，只有魔鬼才喜欢吵吵闹闹。

24

一直在构筑一个属于自己的精神故乡，但是我的故乡与周作人的那种“自己的园地”不同。我并未筑起一道与世隔绝的篱笆，然后躲在篱笆里谈龙说虎，饮茶自醉，顾影自怜。我只是在家园里独自沉思，而思索的根须却伸向大地的底层与心脏，每一根须都连着时代的大欢乐与大苦闷，也连着乡村、城市、大道、监狱和广场。我的园地封闭着又敞开着，孤立着又漂泊着，躲藏着又屹立着。这不是风雪可以吹倒的茅棚草舍。

25

世界很大，人群熙熙攘攘，但无处可以倾诉。正如四周都是海，但没有水喝。处于人群中的思想者就是处于沧海中的孤岛。思想者的人生状态注定是孤岛状态，能在孤岛上翘首相望，作歌相和，便是幸福。

26

我喜欢独自耕耘，远离人群的目光。

美国作家爱默生说："我爱人类，但不爱人群。"我的心与爱默生相通。人类整体是真实的，每一个体也是真实的，但一团一团人群的真实却值得怀疑。

人群是什么？人群就是“戏剧的看客”（鲁迅语），天才的刺客，人血馒头的食客，寡妇门前挤眉弄眼的论客；就是今天需要你时把你捧为偶像的喧嚣，明天不需要你时把你踩在脚下的骚动。

27

人群不认识梵高。此时他的画价创下世界纪录，可是生前只卖出过一幅画：《红色的葡萄园》。售出的场合是布鲁塞尔的“二十人画展”上。他创作了八百幅油画和七百件素描，可是个人画展是他死后两年才举办的。

人群把活着的梵高视为疯子，把死后的梵高视为神。真的梵高活着时只能对着天空与画布倾吐，死后只能在向日葵绰约的花影下沉默。

28

阳光如火的中午，一群黑鸟自远处飞来，遮住了天空与太阳，然后飞进梵高的眼里。这之后，他完成了最后一幅画：《麦田上空的乌鸦》。第二天，他仰望无底的苍穹，用手枪顶住自己的太阳穴，扣动扳机，死在金黄色的麦田里，离开了苍白、冷漠、与美隔绝的人间。

给天才送行的只有烈日、云影和麦地上轻拂的风，之后还有他的七个亲人和友人。梵高的死与群众无关，正如他的存在以及不朽不灭的图画，与群众无关。

29

苏格拉底死于人群的愚昧。在三十人少数专政时期，他被禁止讲学；在民主时期，他被判处死刑。当时的审判官有意释放他，可是情绪激愤的群众，却要利用选举权把他处死。人群乃是情绪的傀儡，寡头专政是可怕的，民主名义下的群众专政也是可怕的。群众常常践踏天才或处死天才。

苏格拉底不属于任何组织和集团，只坚信雅典传统的法律概念。他只和个人交谈，视个人为绝对的、可以批判任何事物的生命存在。苏格拉底是人类早期最卓越的独语者。他的语言不是集团的语言，他从来不是集团的代言人，也不是大众的代言人。可见，世界的哲学从一开始就是个人的声音。

30

真理活在事物深处。它不是闹哄哄的集体眼睛可发现得了的。它需要个人的眼睛去体察、去发觉，所以真理常常在少数人手中。群众虽然占有多数，但未必占有真理。雨果曾经大声地叫道：“站在多数一边随大流？宁肯违背良心受人操纵？决不！”（引自《雨果传》）这是天才的拒绝。知识分子拒绝群众比拒绝政权还难，所以许多知识分子都是民粹主义者。

31

生活在人群里而要求得安全，就必须自己也是矮人。或者屈膝跪下，显得比矮人还低；或者低下头去，眼睛只看自己的脚趾，这才平安。身上高于矮人的部分都是祸根，如果高出整整一个头颅，脖子可能会被砍断。然而，必须有敢于不怕削去头颅的大汉在社会中站立着，社会才有活力和境界。有人批评过日本，说它是一个没有柏拉图和亚里士多德的希腊，但是，近代的日本出现了福泽渝吉、伊藤博文、川端康成、三岛由纪夫，日本人可以反驳批评了。

32

普希金的诗吟：“我的无法收买的声音，是俄罗斯人民的回声。”普希金爱俄罗斯人民，但不爱一团一团的人群，也不奢望人群会听懂他的声音，于是，他又说：“在冷漠的人群面前/我说着/一种自由的真理的语言。/但是对凡庸愚昧的人群来说/可贵的心声却可笑到极点。”

人群的评语并不重要，重要的是个体内心自由而真实的声音。

如果死亡不能把我从宇宙中赶走，那么，唯一的原因就是因为我留下了未曾背叛自己的真实的个人的声音，和统一的声音不同的声音，从强大的集体声浪中跳出并存活下来的声音。

33

十几年前，我写作《爱因斯坦礼赞》时，笔下情思汹涌，仿佛有神灵在摇撼我的身体与灵魂。爱因斯坦就是神灵的使者，他到地球上告诉人类许多真理，还告诉我一个真理：人，只是宇宙中的一粒尘埃。人到世上，是尘埃的偶然落定。生命终结，即尘埃飘走。

爱因斯坦给我一种眼光：从宇宙深处观看万物万有的极境眼光，从无穷远方观察自身的庄子式的“齐物”眼光。这是伟大的人文相对论。这种眼光使我知道自己在宇宙中的位置，使我思想飞扬但又摆脱人间自高自大的疯人院。

独白十六节 <<<<<<<

1

幼年失去父亲之后，我常独自仰望缥缈的星空。觉得远走的父亲在天上，留下的母亲在地上。于是，我一面像古希腊神话中的安泰在贴近大地母亲时获得力量，一面则像影片《狮子王》中的小狮王在思索天空贴近父亲时获得力量。这双重力量的源泉，使我无法深藏于古井之中，注定要热烈拥抱社会、关心民瘼；又使我喜欢倾听天籁，喜欢梦想、冥想、玄想和心灵的飞升，无法像动物那样在潮湿的沙堆里爬行。

2

青春已过。除了时间会丢失之外再也没有什么可丢失的了。几年前辞别故土的瞬间可能丢掉生命，可是生命分明还在。而丢掉其他的一切如桂冠、高帽、鲜花、掌声等等，则没有什么价值。无可丢失无所乞求，才有自由。曾经心劳力拙企求的荣耀，已经放下。此刻，唯有真实的生命凝聚于笔端。沙沙沙，全是大自然的心声与脚步声。你听见了吗？这是我给你的天涯寄语。

3

科罗拉多高原的十月，秋意正浓，我依然在早晨与黄昏里浇花割草。明知冬季将临，明知下个月鹅绒似的大雪将从落基山那边滚滚而来，明知百花凋谢不可避免，但我还是努力灌溉，把握住此时此刻的美与快乐。此时此刻，莺飞鱼跃，小鸟啁啾；草叶与树叶映着霞光云影，秋菊开得像金色的向日葵，天空蓝得像梦境，艳阳绚丽的光华透过密叶，漏落在草地上。竹棚里的肥瓜垂挂着，像雕塑，仿佛是假的。我只顾沉湎于当下这一刻。人们在准备过冬的衣服时，我准备着在冬天里可以独自微笑的记忆。

4

明知生命最终要变成化石，还是要努力开花结果，明知生命是一次迈向坟墓的悲剧性旅行，但还是要练就一双善于疾走的双脚。

5

这一刻，我和你相逢。这一刻，是如此简单，又是如此不简单。昨天是西方，今天是东方；往昔是高山，现在是流水；那回满头苍翠，这回是鬓发如霜。天地悠悠，时空无常，同族同类千万亿万，而我们竟能在此相逢，共此月色，共此星光，这是怎样的偶然，怎样的神秘，怎样的幸事？对于这一刻，你说：活着多么好。尽管肩有重负，脚踩污泥，活着多么好！对于这一刻，我说：这一刻意味着我们战胜了许多死亡。

6

天亮了。醒来的眼睛我又迎接一个清新的黎明。又在晨光中提起笔。提笔的一刹那，我意识到，像流亡的星辰我又穿越了一次暗夜，经历了一次觉醒。刚刚苏醒的脑子很好，昨天的悟意尚未消失，新的思绪又像朝露一样明晰。我提醒自己，要珍惜。在穿越昨天的黑夜时，许多智者与爱者已经死亡，而你还活着。你从死神的掌心中侥幸逃出，赢得死者们曾经渴望过的尊严与自由。太好了，赶紧去享受黎明，不要荒废任何一个早晨，不要让任何一脉明丽的晨光从你身边流逝。

7

人生之初，路上总是布满花香，此时，不懂得时光的重量。直到鲜花凋零，道路充满泥泞，自己也差些被狂风卷走，才知道生命可以有所作为的岁月多么稀少，这岁月仿佛是一种有机的物质，伸手就可触摸到，我感到它沉甸甸。

几位至爱的亲人友人死的时候，我为死者哭泣，觉得从身上掉落的不是几滴泪水而是可以触摸到的生命一角——生命的一部分伴随他们而死亡。在那一瞬间，我又感到身上有一种东西崩塌。这是物质性的悲伤，这是情感凝结出来的物质。

8

我的远祖是猴子，是动物。身上并无天使的基因，因此，他人所有的恶在我身上都可能发生。因为知道恶的无穷可能性，所以我不断对自己质疑，不断自看、自审、自明、自救，不断与心中贼和心中魔较量。

9

不在乎自己是不是一个作家与学者，但在乎自己是不是一个人。一个曾在时间与空间中争取过意义的人，一个和阳光下的猪、鞭子下的牛、绳索中的狗有区别的人，一个敢于坦然地抬起头来看看世界又敢于迈出矫健的双脚走在自己选择的道路上的人，一个无须仰仗权力的支撑却能活得十分真实的人。努力做一个人，一直是我内心的呼唤。

10

经过一次濒临死亡的体验之后，觉得自己的身体、精神、心理、观念都不同了。对死亡有所彻悟，这“悟”可以改变生命品质。这就如同死亡本身，它可以改变人的一切，从躯体一直到灵魂。友人说：“死是未定的必然，我已假设自己死了。既然死了，那就由人说去，‘身后是非谁管得，满村争说蔡中郎’。”有了死的假设，便可赢得自由：死了还怕什么算计？还怕世间的暴虐、专横和宰割吗？死了还求虚幻的名声、地位、荣耀吗？死了还在乎他人的评长论短、讨伐批判吗？一切都已过去，只有此时的情感、情怀才是真实的。平静地走着脚下结实的路，能走多远就走多远，走不动就歇歇脚，不要急，不要慌张，更不用欺骗别人和欺骗自己。

11

四千年才接近地球一次的彗星又在夜空中出现了。我在阳台瞭望这太空中神秘的拖着万丈光芒的客人。四千年前它君临的时候，人类还处于刀耕火种的蛮荒之中，而四千年后它再度来访。来访时，人类还健在吗？屋前的茶花与茉莉花还依旧散发芬芳吗？可惜彗星永远行走在天宇大道而我却早已灰飞烟灭，再也无缘与它相逢。人生真短，彗星的一轮足迹，正是人类的百代脚印。

12

无论哪一个季节，我都确信太阳就在头顶。即使在严寒的冬季，我也如此相信：那只是太阳离我较远，但太阳还在，没有人能消灭太阳。歌德说过：“太阳永远不会下沉。”叔本华也说：“太阳永远处于燃烧的中午。”而我要补充说：“太阳，每一天的太阳都是新的。”

13

每个黎明，当晨曦降临大地，我便感到人类整体的光线辐射到我的书桌，并感到，在这一瞬间，四海之内的无数兄弟正在和我共赴人生之旅。此时，我觉得自己既身处孤岛，又身处曙光弥漫的海洋，孤独而非孤绝。光明还在，书桌如此平静，时间如此完整，朝着内心深处行走成为可能，这是最重要的。

14

每次踏着草地漫步，总是被无名的小草所感动。每一年都有严寒严霜严雪，但每一年都有她献予大地的春明春色春意。小草尚且如此难以征服，更何况人的生命。人的躯壳是脆弱的，但思想未必脆弱。想起小草，我对生命就满怀信念。人生的导师，常常是脚下与身旁的小精灵。

15

当秋叶纷纷飘落的时候，我突然对着后园里的秋花秋草秋树产生一种感激之情。她们陪伴着我度过了春天和夏天，和我共处孤单的时日。女儿去上学，妻子去上班，唯有这些花木和我一起守望着寂静的百草园。无论是春的歌吟还是夏的絮语，都与我的心事相通。她们天生有一种高尚的本能：只是默默自生自长，从不骚扰同类与异类。人类在欲望燃烧时不断向动物性靠近，却遗忘了优雅自在的植物性。我没有遗忘，所以充满快乐。

16

钻石启示：生命坚韧的光波来自体内岁月的积累。资源就在身内。早晨的露珠也闪光，但它毕竟是仰仗身外的太阳。

果园里的游思 ‹‹‹‹‹‹

1

“耕耘自己的果园吧！”法兰西启蒙思想家伏尔泰如是说。

生命萌动、发展、成熟，无穷故事，无尽之美，全在耕耘中。我耕耘，所以我在；我耕耘，所以我与田野、乡野、大旷野如此密切。大地之子本应耕耘自己的果园，本应把握住自己的春夏秋冬，本应珍惜如灯火一闪、花叶一季、红楼一梦的人生。荒废，荒废，荒废的时间太久了；剥夺，剥夺，被剥夺的时间太多了。荒废的时间没有尸骨，死了的岁月看不见。快从荒废中苏醒，快从时间的残骸中张开眼睛。我对自己如是说。

伏尔泰小说《康狄德，或乐观主义》的结束语正是耕耘的呼唤，他告诉人们，辛勤的耕耘可以使人类免除三大灾难：寂寞、恶习与贫穷。

2

果园早就有了，早在亚当与夏娃背着上帝相恋的时代就有了。智慧果就在那里生长。果园先于人类而存在。然而，今天果园正在消失，正在被人类创造的机器质所包围。地球向物质倾斜，市场吞没一切，果园成了孤岛。到处是欲望的汪洋，孤岛没有水。果园，不仅是人类的出发点，而且是最后的堡垒。近处与远方的兄弟，请守住你最后的故乡，果园。

3

资源就在附近。亨利•大卫•梭罗在《湖滨散记》中这样提示我。不错，资源就在附近，资源就在案头上，就在书架上，就在窗外的草圃，就在林间的小径，就在头顶的天空，就在友人与孩子的额角，甚至就在你自己的眼里和手上。梭罗，你说得多好呵：一个坚强而勇敢的人，无论在天堂或在地狱，都能照管好自己。真的，到处都有生活，到处都有清风与明月，到处都有禅与思想。

陶渊明就在他的屋前屋后找到无尽的资源，面对悠悠南山，他唱出了千载不灭的歌。菜畦陇亩，苗圃田舍，仅仅是为了稻粱之谋吗？它不也是一代歌王的第一泉流吗？于日常生活中发现金子矿藏，于最平凡处发现永恒的美，于茅棚沟渠中流出神奇的情思。陶渊明过着多么简单的生活，然而，简单的生活并不简单。

4

俄国的天才导演塔可夫斯基是另一位卓越的耕耘者。他的每一部创作都是电影经典。他在自传《雕刻时光》中这样说明他对艺术的理解：“艺术的目的便是为了人的死亡做准备，耕犁他的性灵，使其有能力去恶向善。”耕犁性灵！这是伟大的启示录，诗的真理。原来成功不是注定的，必须耕犁，必须“耕犁性灵”。谁能想到这一点呢？人的性灵也是一片果园，一片陇亩，一片需要拓荒、需要耕锄的大地。这里会荒凉，这里也需要摆脱贫瘠、干旱与焦枯。

5

美国作家房龙在他的名著《人类的故事》中，描述了培根、达尔文、哥白尼、伽利略和许多先知先觉者的悲剧，然后说：“该做的事情，总归是有人会把它完成的，尽管那些无知的芸芸众生曾经诋毁那些洞察先机的伟人为不切实际的空想主义者，但到头来享受这些发现与发明的利益的还是那些曾经信口雌黄的芸芸众生。”许多先驱者的悲剧总是他们先是为世界发现真理，然后被世界所嘲笑，被世界所不容，最后被世界所利用。先驱者的卓越品格就在于，明知人生是如此一幕无可逃遁的悲剧，但还是要去敲响揭幕的第一下钟声，然后在看客的戏笑中一步一步地走向高山，走向完成，最后又把成果献给幕前信口雌黄的观众。

6

经历了濒临死亡的体验，我对世界更加依恋。这不是畏死的贪生，而是醒悟到浩茫宇宙中唯一的人间太美了，而我却有那么多如歌如画的山水未曾登临，那么多开满杜鹃花的土地未曾观赏，那么多洋溢着天才的书卷未曾览阅，那么多躲藏的千古神秘未曾领悟。心胸远未舒展，心灵远未尽兴，笔墨远未纵横，所爱的远未致意，所憎的远未告别。拂去伤感的眼泪，看得更分明的是时光、生命、美，太阳、土地、人，是晨曦暮霭、春华秋实、田畴碧野、云彩穹苍葱茏的诗意，是窗外小草、笔下方格、胸中情思的大自由与大自在。

7

体验过爱。心验不能替代体验。唯有体验才真切、才可靠。刻骨的体验之后才有铭心的记忆。

体验过爱，知道爱并非爱其爱本身，并非仅仅爱其可爱处。爱是爱其整个，爱是爱其全部。正如爱大江大海，既爱它的清澄，也爱它的浑浊；既爱它的微澜，也爱它的波涛；既爱它的沉吟，也爱它的长啸；既爱它的昂扬，也爱它的低回。总之，江海的全流程和全景观，我都倾心。

8

生命之旅有欢乐，有忧伤，有前行，有曲折，有成功，有失败；有骆驼似的跋涉，有狮子般的呼啸，有小鹿般的凄惶逋逃，起起落落，浮浮沉沉。而我，爱其过程中的每一步。每一步都在丰富我，造就我，每一步都让我远离那颗固执而充满妄念的头脑。

9

常对着大自然赞叹。对着晴空、丽日、圆月、星光、碧波、白浪，我赞叹：“太美，太精彩了。”而对着雨天、落日、缺月、暗夜、狂涛、怒浪，我也赞叹：“太美，太精彩了。”大自然本就是不割的大制。壮丽的造化本就是崇深的戏剧与矛盾的歌舞场。唯其矛盾，才是滚动着宇宙活气的伟大奇观。

10

“要爱挫折——爱自己的挫折”，存在主义草创者萨特这样说。存在是丰富的，因为它包括挫折。挫折使人从昏迷变为清醒，从骄奢变为踏实。挫折刺痛神经，激活身内那些已经沉睡和即将沉睡的一切，重新赢得躯体与灵魂的活泼。挫折的时刻，我的整个思想才贴近大地、贴近真实、贴近人间，不再滑动于浮华的表层。一想起挫折，我就有无数的话要说，挫折比成功带给我更多结实的语言与哲学。我要感谢挫折，感谢它在我的生命流程中投下精彩的大波澜。

11

当代诗人帕斯说过：“灵魂也需要爱情。”仅仅充当柏拉图式的精神恋爱者恐怕很少人能做到。然而，灵魂真的需要温馨，需要抚慰，需要知音。我天生是一个伟大灵魂的热恋者，从少年时代就追求着荷马、但丁、莎士比亚、歌德和托尔斯泰，直到现在我如果一天听不到他们的独语，就会感到寂寞。我丢三落四，顾此失彼，生活杂乱无章，但读书总有心得，就因为我在他们的书籍中投下了最真挚的情感。灵魂之爱，不仅帮助我理解，而且帮助我记忆。

12

此时我最高兴的事是发现自己的性情心态和孩提时代相近，并未变得苍老狡黠。我觉得自己的心高出时间一千丈。时间的河水在我脚底下潺潺流淌，叮当作响，并没有冲走儿时那个属于我的天真共和国。

13

每天，我都在书中看到许多很美的精灵。除了书本，我还在花园草地里看到另一些精灵：蜂蝶纷飞，蟋蟀与秋蝉在草间吱吱叫着，也许不是叫，而是歌吟；蚂蚁在紫丁香丛中最高的一片碧叶上奔忙着，仿佛在呼唤着什么。繁茂的树丛大约就是它们的国土，百草园大约就是它们望不到边际的宇宙；从红砂岩缝隙中钻出来的一群小甲虫，带着盔衣，正在向着树墩里的一个目标进击，果敢、果断、迅猛，不知是游戏还是战争。观赏着精灵们的戏剧时，我想到：倘若人趣暗淡，别忘了天趣永恒。

14

沿着被林阴覆盖着的小河道散步。听流水叮当，莺歌燕啼，看鲜花怒放，绿影婆娑，再加上草香与树香的缭绕，便感到自己被生气勃勃的生命所拥抱、所包围、所抚爱。在美与生命的包围之中，我想到的全是活着的美好。活着多么好！即使遭逢到挫折与劫难，也没有消沉和颓废的理由。生气勃勃的生命包围着你，你也应当报以生气勃勃的生命。

15

深秋的草地，遍地是落叶。春夏的繁荣与灿烂，这么快就化为落叶，令人感叹。生命的暂时性是无可辩驳的真理。然而，落叶之后，明年又是繁荣与灿烂，那时，大地上找不到一缕大自然的白发，落叶又化作春夏的辉煌。生命的永久性也是无可辩驳的真理。

16

人过中年，常常发现自己更加年轻。时间尖叫着，奔突着，青春躁动着，盘旋着，生命仿佛刚刚开始。大海依然汹涌，想象力如海豚时时跃向天空，戏弄波涛的兴致依然浓厚；双脚渴望行走，眼界渴望伸延，生命期待着新的跨度。近处与远处布满陌生者与未知数，让我着迷的领域比大地还要宽广辽阔，曙光把我带到太阳面前，新一轮的人生出现在地平线上。身体内外的一切都在告知我一个信息：你醒了！你醒了！所以你拥有生命年轻的早晨！

17

虽然年过五十，但总觉得还在生长，还在成长。少年时代在生长，青年时代在生长，特别是那些看不见的生命部分，更是在生长。仿佛没有不惑之年。四十之后的人生堆满困惑，化解了一个困惑总是陷入更难解的困惑之中。仿佛没有成熟之年。看看过去幼稚的自己，好像是成熟了，但面对明天和广漠无际的天宇苍穹，却只感到太多的无知和永远的幼嫩。这不是长不大，而是长不到达不到那个落幕般的神秘终点。

18

每次读海德格尔的《存在与时间》，总是难以抑制内心的激动。既然死已确定，那么生就该面对将死必死而选择而思索而奋斗；既然形体化为灰烬已确定，那么未成灰烬之前就该尽情燃烧尽情创造尽情放射光明；既然最后要永远躺下永远睡着永远沉默在坟里，那么此时就该站着醒着坦然地歌哭着。见到暴虐就该抗争，见到妖魔就该诅咒，见到孩子落入血泊，就该发出拯救的呐喊，可不能在死前就躺着睡着跪着和让心性枯萎着。

19

尽管四方漂流，无家可归，但太阳一直像兄弟跟随着我，把我浸润得浑身温暖。暴君一个一个死亡，太阳却一天一天升起。每一次黎明都不重复，每一个早晨的太阳都很新鲜，千篇一律的公式只属于无法改变的黑暗。想到这一点，我就对生活充满信心。

20

博尔赫斯喜爱但丁在《神曲》中的这一诗句："在我们人生的中途 / 我发现自己正在黑暗的森林。"博尔赫斯引述这句话时正当三十五岁。我在这个年龄时是七十年代中期。那个时候，我也感到落入黑暗的森林之中。两类森林都使我害怕，一类是权力的森林，一类是人群的森林。权力用的是大"革命"的名义，人群用的是大民主的名义，两者都要我作追随他们的羔羊。森林庞大无边，但没有一条路可走。此次迷失之后，我才确认，灵魂的船长并非他人，唯有自己的心灵才是穿越森林的向导。

21

我喜欢八十年代，在这一年代里，沉睡在中国人心里的某种东西醒来了。唯有"醒"字能说明这一动荡的岁月。“人是人，人非奴；人是人，人非畜；人是人，人非牛鬼蛇神；人是人，人非魑魅魍魉；人是人，人非黑四类、黑五类、黑九类；人是人，人非非人”，这一简单的被时代压扁的公式醒来了，这一被如簧巧舌诅咒得几乎死灭的常识醒来了。从苔痕斑斑的心中醒来之后，便是不安，便是汹涌，便是奔突，便是呐喊，便是爆发，便是死魂灵的复活与再生，便是黄土地的复苏与再造，便是百花怒放、百鸟争鸣，啼得叫权势者气得用拳头来打碎，于是没有声音，于是假声音嘲弄真声音，于是九十年代总是讨伐八十年代，从愚蠢的政治人到聪明的读书人。

22

那些看不见的，我看见了；那些听不见的，我听见了；那些触摸不到的，我都感受到了。所以我总是不能轻松，总是想在窗口下对着垂柳与斜阳着笔。

我看到春天里的满园落叶满地狼藉，我看见夏日艳阳下血的阴影总是化解不了的阴影，我看到灵魂的蛆虫、鬼蜮的城堡、苍蝇的天堂和水乡泽国中的陷阱，我看到死魂灵在发臭在传染在繁衍，我看到覆盖一切的市场上什么都拍卖，从牙齿到眼睛、从肝胆到热肠、从诗到小说、从政治到文化、从纲领到旗帜，我看到天霁云开的大地张满溃疡、穷时疼痛富时疼痛由穷变富时更加疼痛。我什么都看见了，我闭上眼睛也看见了，我必须记下我所看见的一切。

23

虽然被战士的语言蒙住过眼睛，还是看清妖魔当道的年代，无知、幼稚、荒唐，竟把骗子当作旗手。但错误在良心上铸下记忆，于是看清。记得那时豪壮的歌声企图淹没呻吟，但还是呻吟，最后又加入了大地的哭泣，哭泣的时代结束之后，我和我的兄弟又用一个一个的文字拭擦眼泪，但泪水总是抹不干净。因此，我的文字总是潮湿的，没有火药的居所。

24

漂流海外，几度对着烟波漠影怆然涕下。长空悠远，让自己缅怀不尽的不是那些通衢大道，也不是那些庭院红墙，倒是家乡那些已经消失的溪边的小草和尚未消失的父老乡亲的白发。婶婶曾和母亲一起在阳光下亲吻过我的脸颊，然而此时她已被长埋在黄土地下，沉睡在山坞里和茶园里的爷爷奶奶，一去不还，他们的墓前此刻是长着荒草还是芳草？还有北方的兄弟姐妹，那些抚慰过我心灵的朋友，一一全都变成遥远的梦。生者逝者，沧桑如云，人生最后的实在还是这些永恒的思念。

25

身经一场灵魂深处的大革命，看到爆破、厮打、诅咒、奴役，然后便看到废墟，看到漫山遍野的灵魂的尸首。没有化作尸首的，也都古怪，要么是呻吟要么是咆哮。废墟上有许多人的骷髅，灵魂显然已经抽空，只剩下虐待别人的意志和野心，我常常遭逢到这些空壳的暴力，于是逃离，逃得很远，然后为这些骚动过的灵魂的尸首写着葬歌。

26

人死时一别而去，什么也带不走，来时赤条条，死时也赤条条。古代的帝王将相不甘心死时的赤条条，想带走珍珠玉佩，想带走娇妻美妾，于是有了殉葬品和殉葬人。然而，他们仍然什么也没带走，只给后世留下一个贪婪的恶名。知道什么都带不走，不妨生前潇洒一点，别为那填不满的欲望而日劳心拙地挣扎。

27

我同时爱着祖国的兄弟和人类的兄弟。我深知，只有爱人类才能爱祖国。如果仇恨人类并煽动我的同胞兄弟去树立敌人，那么，我将会把祖国置于孤绝的境地，并使祖国陷入自我烧烤之中。我热爱着，所以一直把“四海之内皆兄弟”的标语紧贴在自己的心壁上；我热爱着，所以我一直鼓动着抛弃“敌人”这一大概念；我热爱着，所以我远离仇恨扬弃仇恨，独自在这静谧的百草园里唱着祝福兄弟的歌。

28

宗白华先生把自己的美学论集命名为《美学散步》。我喜爱这一名称。思索与写作如同散步时才有冷静与从容，才能扬弃浮躁气与火药味。散步时是轻松的，但每一步都踏着开满鲜花的土地。散步时无所企求也没有终极目的，唯有在无所奢望时心灵才能自由地漫游。

29

卓越的存在主义作家加缪，接受过马克思主义并加入过共产党，但他始终与毫无希望的教条保持距离。当他即将入党的时候，曾对朋友说：“在我将要经历的生活中，我将始终拒绝在生活和人之中放一册《资本论》。”在这位真正的作家心目中，一切神圣的经典，都不能阻止和妨碍他成为人和过人的生活，更不能阻碍他的天才原创力冲决世俗的罗网而外化为精彩的精神大建筑。经典让人丰富，不是让人贫乏。经典可以是太阳，也可以是墓地。

30

犹太人有句告诫人的警语：“不要太靠近深渊，否则你会落水。”但是，我一直无法接受这一警告，依然固执地靠近深渊并在它的岸边发出自己的声音。使我如此执著是因为我有一个顽固的念头：天堂有限，人类无法都挤在天堂里，总得有人靠近深渊，我不靠近谁靠近？支持我的信念的还有那些已经献身的科学家与思想者，他们就是一些不畏落入深渊首先敲开地狱之门的卓越者。

31

人类愈来愈聪明，愈来愈善于保护自己。当今的房屋不仅有铁门，还有电子警报系统。今天中国学界所选择的崇拜偶像也是最安全的偶像，这些偶像有学问，然而冰冷，他们远离深渊，对人间的黑暗不置一词。

32

可以修正自己，但不能背叛自己。柏拉图曾用他的哲学脑袋向世界发出这样的宣言：我宁愿和整个世界不和，也要和自我保持一致。他说："我宁愿我的琴是不协调的……或是整个世界都与我不和，都反对我，也不愿我是一个与自我不和、反对自我的人。"柏拉图忠诚于自己，因此他也忠诚于社会。整个西方数千年的文化，几乎成为柏拉图哲学的伸延与叩问。

33

古罗马奴隶最大的快乐大约是逃离斗兽场的快乐。斗兽是绝望的较量，绝对没有公平与正义的较量。人与人斗已很痛苦，与兽斗就更加痛苦。与兽斗无情可言，无理可讲。我逃离牛棚时代时有如逃离斗兽场，其快乐，乃是奴隶解放的至乐，原始的，初级的，但又是实实在在的大快乐。

34

桂冠、地位、名声甚至自己的著作曾给我造成一种幻象，以为自己很有知识。这种幻象几乎麻木了我的思想。一场劫难把我抛到海外，在陌生的世界里我才意识到一切都很陌生，并强烈地意识到自己的“无知”。这种意识使我从麻木中觉醒，并获得无穷无尽的动力。“美国的通信卫星之父”约翰•皮尔斯说：“知识使人明目，技术使人高效，而意识到无知才使我们充满活力。”

35

自由固然与身外世界有关但更要紧的还是身内的世界。一个没有力量战胜外部诱惑的人，一个没有力量拒绝各种目光的人，一个没有力量反抗各种神圣名义压迫的人，依然没有自由。总是竖起耳朵听着外部世界风吹草动的小鹿与兔子，虽然身在大旷野，但没有自由。

36

乔治•桑塔耶那曾说：“智能来自幻灭。”我在经历了一次幻灭之后，相信了这句话。幻灭之后，我才学会怀疑。幻灭之后，我才不再困死于理所当然的模式。自杀是消极的否定，幻灭则是积极的否定。智能是对僵化、平庸、鄙俗、愚蠢、蒙昧和偶像的否定。

37

到了自由的国度，原以为到处是自由。几年过去了，才知道自由常常在遥远的地方。中国的民歌唱道：“在那遥远的地方，有一位好姑娘。”这位姑娘的名字就叫做自由，要接近她，还需要艰苦跋涉。没有能力，就没有自由。连车子都开不动，哪有驰骋青山大道、绿野平畴的自由？

38

自由是什么？无数思想家与哲学家皱着眉头抛出一个又一个的定义。而对于我，自由是一种独语，一种觉悟，一种解脱，一种体验，一种拒绝，一种排斥，一种不顺从驾驭与支配的反叛，一种不理会权力控制与市场法则的尊严，一种不在乎升沉荣枯的孤绝，而且还是一种能够管好自己、可对自己发出责任命令的自律。

39

看不见的世界比看得见的世界更为重要。精神世界、情感世界、蕴藏于人性深处的爱的世界，那是真正广阔无边、奇丽无比的世界。眼睛的成长，就是愈来愈看清这个世界并被这个世界所激动。看到苍穹闪烁的星辰，我高兴；看到屹立大地的人格，我高兴；看到孩子们的心魂如同原野中绿盈盈的劲草，我更是激动不已。英国生物学家赫尔登说过：“一个从未接触过‘视所不见的世界’的人，不会有太大的出息，这些人充其量只是‘善良的动物’而已。”

40

丹纳在《艺术哲学》中对《浮士德》作了这样的阐释：“歌德的诗篇，描写人在学问与人生中受了挫折，感到厌恶，于是彷徨、摸索，终究无可奈何地投入实际行动；但在许多痛苦的经历和永远不能满足的探求中，仍旧在传说的帷幕之下，不断地窥见那个意境高远的天地，只有理想的形式与无形的力量的天地，人的思想只能到它大门为止，只有靠心领神会才能进去。”（引自《艺术哲学》，傅雷译）这段话曾感动过我，使我没有停留在理念中。理念确实只把我带到高远天地的门口，唯有生命体验后的大彻大悟，才使我接近这天地的心脏，并在那里拥抱着人间的大悲哀与大欢乐。

41

多年前，我屡说忧患意识：河流正在变质，社会正在变质，沙漠正向东部移动，森林正在走向毁灭。有人响应说：忧患意识太落后。近日读法国思想家埃德加•莫林的谈话，才知道他把“沉沦意识”视为最新意识，只有意识到地球可能沉沦，我们才可能实现拯救。他说：“我们将命中注定地陷入沉沦。……”这是一个坏消息，我们无可挽回地失落了。如果有一种福音，即好消息，它应当以坏消息为基础：我们失落了，但我们有一所房子，一个家园，一个祖国，这便是小小的地球。在地球上，生命为自己修建了花园，人类建起了自己的家。从此以后，人类将地球看作其共有的家园。地球并不是福地乐土，也不是人间天堂，它是我们的家园，是我们地球人生死与共的地方。我们应当老老实实种好自己的园子，将地球文明化。

42

笛福笔下的鲁滨孙，脱离社会跑到汪洋中的孤岛，此时，他不得不赤手空拳去重建人类原始阶段最粗糙的文明，从小木屋到小木船。每一种建造都那么繁重，那么艰辛。未曾有过如此体验的人们常会忘记：时时刻刻包围着我们并让我们享受的平常的一切，是多么值得珍惜。我们像鱼生活在一种海里，这种海，不是自然海，而是伟大的工艺海。这是人类劳作、耕耘出来的海，每当我在海中浮沉时，就对自己的伟大同类充满感激。

漂泊

这是生命的原版，母亲赋予的生命原版，不再被意识形态所剪裁、所截肢、所污染的生命原版。

听涛声 <<<<<<<

从小就喜欢倾听涛声。童年时代不在海边而在山边，听不到海涛，就听松涛、柳涛、枫涛。故乡大森林的节拍，使我爱上诗与音乐。

出国之后，无论是在瑞典的波罗的海海岸还是加拿大的维多利亚海岸，我都喜欢在岸边寻找一块浑圆的石头坐下，极目沧浪，独自享受涛声。我特别喜欢月明星稀的夜晚，那时万籁俱寂，空旷无边的天地间唯有涛声，时间与空间全凝聚在波涛之上。涛声有如万马的疾蹄，从遥远的古战场直奔今天，一直奔驰到我的脚下，然后在大地的岩壁上和我的胸脯中拍击出鼙鼓一样的响声。我的生命之歌需要这种声音的伴奏。

我常听泉声溪声，也常听江声河声，但是我最喜欢听的还是这涛声。一听这涛声，就知道它属于大海。记得一本史书上这样描述过科学家牛顿，它说一听到牛顿的声音，就知道他是一头狮子。我一听到深沉的涛声，就知道它发自一个天地间最伟大的胸襟。

走出国门之后，我仿佛觉得自己不是走向世界，而是走向历史——走向历史的深处。我走到每一个地方，都把生命投进历史，然后在生命与历史的紧贴中领悟人生。而这涛声，又仿佛是我的使者，它总是把我引向时间的深处与空间的深处，如同把但丁引向历史深处的真纯的贝蒂娅。唯有大海的波涛历尽大自然的沧桑，览阅过人间无数朝代的兴亡。它积淀下历史，而不被历史所埋葬。

我在听涛声时发现历史也发现自己。在聆听的时刻，我感到自己不仅可以像大海一样自由呼吸，而且可以把心胸伸展得和大海一样辽阔。辽阔得可容下星辰与日月。一颗拥有万顷碧波的心灵是庄严而不可亵渎的。波浪的每一起落，涛声的每一节拍，都在呼唤我的尊严，提醒我在天空下抬起头来，像大海一样自由地扬起它的无限波澜。

有一次在加利福尼亚海岸的沙滩上，我坐着听涛声听得发呆，妻子到处找我。见到妻子，我请她坐下，此时，我突然产生一种向她倾吐的欲望，并立即问她，你发现了没有？涛声把我们带到很远很远的地方，我们已经远离了一个时代：一个心灵被亵渎的时代。我们的心灵被亵渎得太久了，必须在涛声中抹掉它的阴影与污迹。在生命之旅中，每次听到那些自我显耀的空话与谎言就有心灵被亵渎的感觉。被亵渎久了，一旦从被亵渎中觉醒，就向往心的干净，像贞女被亵渎后想洗净自己，然后求个安宁的坐处，忘掉被亵渎的耻辱。我喜欢听涛声，与这意思相去不远，只是想远离人间的那种种亵渎心灵的噪音，在大海的一章一节中重悟人生的尊严。

我真喜欢听涛声，我的音乐耳朵是粗糙的，但我的心灵耳朵却很细腻，它懂得爱这大自然壮阔的天籁，倾听一辈子也不会疲倦。

西寻故乡 <<<<<<

1

离开故乡之后，我又在寻找故乡。

寻找的不是地理意义上的故乡，而是情感意义上的故乡。地理上的故乡一打开地图就能找到，而寻找情感上的故乡，却行程无边，道路漫漫。

2

开始时用世俗的眼睛寻找，并找到我的第一个故乡，这就是温暖而布满芬芳的母腹。我在母亲的腹中吮吸了原始的生命激情，然后长出双翼，飞向人间。第一个起点就规定了故乡的意义。故乡，就是爱，就是那个用爱紧紧包围着我而我也用爱紧紧地拥抱着它的地方。

3

第二个故乡是父亲的肩膀和身躯。当我在母亲乳汁的灌溉下生长出可以蹒跚走路的双脚时，就以微笑选择了另一片土地。我的父亲匍匐在地，让我爬到他的背上，像温和的老牛任我驱驰。母亲说，她第一次听到我的震撼肺腑的笑声，就在这一时刻。我太高兴了，指令充当牛马的父亲站立起来，然后让他把我举上肩膀，我在高高的父亲的肩上第一次把眼光放得很远，看到天穹的寥廓和大地的浩茫。父亲的脊背与肩膀成了我的盘石般的第一记忆。以后想到祖国，就想到父亲的肩膀和脊梁，那个愿意让儿女当作牛马、为儿女负载着全部欢乐与渴望的就是祖国，具有永恒慈父意义的就是祖国。

祖国，是我的最可靠的父亲的肩膀。

4

美国作家托马斯•沃尔夫说:“人生最深刻的追寻,是对父亲的追寻,这不仅是一个血缘关系上的父亲,而且是一个力量和智慧的化身,一个外在的、超越了他的饥渴的可以将他生活的力量和信念统一起来的形象。”慈爱的象征,人生长河的源头,把你高高托起的力量与信念,这才是父亲。人类从埃斯库罗斯的《俄狄浦斯王》开始,就展开了对父亲的寻找,命运之谜永远连接着那一个首先把你抛到人生大海中的生命之父。

我在年幼的时代就失去父亲,连父亲的照片都没有。因此,从少年时代开始就一直把祖国当作父亲。进入青年时代,我又从鲁迅的“俯首甘为孺子牛”诗句中得到关于祖国的意义,知道祖国充当儿女的牛马,用自己广阔的肩膀为儿女铺设人生的黎明之路是不会感到羞耻的,人类的慈爱之心永远和太阳一样光荣。我固执地把祖国的概念和牛马的概念连在一起,并喜欢毫不顾忌地指责祖国的错误。因此当我发现那些以祖国的名义把自己的孩子当作牛马，把优秀的儿女送进牛棚，用缰绳和皮鞭对准敢于直言的兄弟时，我大声抗议：皮鞭、镣铐、牛棚不是我的祖国，我的祖国是仁慈的父亲，是那些把孩子拥抱在怀里和把孩子举得高高的父亲。

5

生身父亲过早就去世了，母亲也已经苍老，然而，我永远感激他们。他们是教会我故乡意义的第一双老师。是他们告诉我：故乡就在一切和平的、温柔的身躯里，就在一切你爱他、他也爱你的心灵里。为你枯萎的母亲的白发，让你枕着头颅的妻子的怀抱，把你双唇上的苦味化作甜蜜的女儿的脸额，使你在倾斜的山坡上行走感到安全的兄弟的手臂，替你洗掉一切伤痕的朋友的目光，容你终身在心头缭绕的爱的歌声，就是你的故乡。祖国也不神秘，祖国就是爱的故土和阳光的故土，当潮乎乎的黑暗包围着你的时候，突然一束阳光照明海岸，那阳光，那海岸，就是你的父母之邦。祖国永远承担着父亲的意义和太阳的意义，那些失去父亲意义的祖国不是祖国。当那些被称作祖国的地方失去父亲和太阳的意义时，我们就要从书本里、大自然里和人类各种伟大心灵里感受阳光。那些把阳光照耀到你的心内重新为你点燃一朵朵生命火焰的，正是你的祖国。你的祖国就在你心爱的书页里，就在你跋涉沙漠而充满饥渴时迎接你的绿洲里，就在世界被丑恶所扼制时却为你展示缤纷五彩的艺术画廊里。

在远游的岁月中，父亲的灵魂一直在提示我：勇敢地展开你的生命，人类文化的伟大肩膀永远不会崩溃，他们像落基山、像阿尔卑斯山、像珠穆朗玛峰一样坚实可靠。中国与世界的杰出儿女都是站在这一伟大肩膀上的巨人。不要忘记这一肩膀，不要忘记这一伟大的故乡。你所以会感到无依无助，你所以会为失去故土而惊慌失措，就因为你远离了这一伟大的肩膀。

父亲的提示使我年青。使我像儿时一样，总是张开好奇的眼睛寻找提供生命滚爬的原野与乡野，从这一座森林走向那一座森林；又总是敞开灵魂的窗户，在书页里吸收乳汁与星光，从这一个天才的山脉走向那一个天才的山脉。

6

我的确惊慌失措过。那一年夏季，当我在芝加哥大学校园散步的时候，常常迷路。因为主宰着我双脚的常常是归家的目光。然而，正是在密茨根湖畔，西北大学出版社发行的波兰诗人维托德•贡布罗维兹的日记走进我的生活。这位诗人提醒我，你不妨在你自己身上寻找你的祖国与故乡，不要忘记世世代代被时间的激流所选择的最迷人的诗篇就积淀在你的身上。祖国早就化作你人性的颗粒，并流淌在你的笔下。最美丽的字眼已被盘踞在故土的政客所撕碎，祖国和故乡只能躲藏在人性的角落里呻吟，不要忘记这个角落就在你身上。1953年新年前夕，当波兰的流亡艺术家们在一个聚餐会上为失去家园和祖国而长吁短叹的时候，他对这些漂流者说："节日临近，你们喜欢用泪水来浇灌记忆的花圃，你们喜欢用叹息来缅怀失去的故土。别这么愚蠢或脆弱了，学会如何担起自己命运的重负吧。别再令人作呕地哀挽那业已失去的格鲁齐克、皮奥特克沃或比尔戈拉的美丽。要知道你的故土既不是格鲁齐克，也不是斯捷涅维兹，甚至连波兰本身也不是。打起精神面色羞红地想想看你的祖国就是你自己！……人除了住在他自己之中，他还曾居住过别的什么地方？即使你身处阿根廷或是加拿大，那你也是在你的家中，因为故土不是地图上的一个点，它是人活着的本质。"

贡布罗维兹扫掉了我心中的迷惘，点亮了我寻找故乡的眼睛。原来，祖国与故乡就是自己的生命之核。和永远像太阳一样发射七彩光波的生命之核就在胸脯的深处。当宫廷御苑把自己打扮成祖国的时候，当日落时分大群的蚊子以故乡的名义吮吸你的热血的时候，你竟然糊里糊涂地遗忘你的生命之核，忘记祖国的全部温馨就在你汩汩流动的血脉里，难怪你会丧魂失魄。

7

还有一个伟大作家，始终叩问着存在意义的薛弗西斯神话的创造者加缪，也在这个时候走进我的灵魂。

我在华盛顿公园荒疏的草地上读着他的《鼠疫》。我被他所描述的瘟疫吓坏了，然而大瘟疫才使我明白：当你讴歌你的土地时，你要记住，这是因为这片土地不仅诞生了你而且肯定你的存在，正像你的母亲和父亲诞生了你而且时时用生命肯定和保卫你的存在，你才拥有爱的理由。而当瘟疫在地上汹涌时，鼠难就要吞没你的灵魂，你则必须离开这一片土地，不要因此丧魂失魄。加缪掷地有声地呼喊：“告诉那些丧魂失魄的人们，应当去寻找真正的故乡。”真正的故乡是在这座窒息的城市的墙外，在山冈上那些散发着馥郁空气的荆棘丛里，在大海里，在那些自由的地方，在爱情之中。

加缪知道只有那些肯定你存在意义的地方，那些给你的生命以阳光以温暖以自由的地方，才是真正的故乡。而那些带着满身病菌的老鼠，它们不仅要毁灭城市而且要毁灭创造城市的生命，它们有什么权利以故乡的名义命令活生生的生命去作死亡的祭品？

8

感谢贡布罗维兹，感谢加缪，也感谢恒久地矗立在我心中的曹雪芹，在我背着《红楼梦》浪迹天涯的岁月里，是他时时在提醒我别再“反认他乡是故乡”。你的故乡不在你现实的地上，不在你此生此世暂时的居所里。你被历史抛入人间，只是瞬息。你只是匆忙的过客。你的故乡在遥远的深处，你的归宿也在遥远的深处。你从哪里来？你到哪里去？你的文字在度过绵绵时光之后最终会落入哪个心灵——你终极的家园？曹雪芹认定故乡没有时间的边界也没有空间的边界。哪里能让你的爱得到灌溉与栖息，哪里才是你的故乡。

贾宝玉的故乡不是门口蹲着两只石狮子的父母府

第，不是雕花刻玉的大观园，而是洋溢着眼泪的林黛玉的心灵。只有那个蓄满着爱的地方才是故乡，只有那个在你灵魂干旱的时候给你泉水和露珠的地方才是故乡。当贾宝玉和林黛玉第一次见面时，贾宝玉就说，我们见过。真的，在遥远的时间与空间点上，在原始的故乡中他们就相爱过。贾宝玉，赤瑕宫神瑛侍者，曾经浇灌过灵河岸上三生石畔那一棵后来变成林黛玉的绛珠仙草。他们的故土在西方的灵河岸边，最初赋予林黛玉爱的甘露的是林黛玉的情感故乡，也只有林黛玉才是贾宝玉爱的摇篮。林黛玉死了之后，贾宝玉便丧魂失魄。因为他丢失的是一个被爱积淀了千秋万载的家园。贾宝玉出家了。他一定要走出家门，重新寻找他情感的故乡。是回到青埂峰下、灵河岸边？还是另一个更缥缈的世界？他到哪里去，永远是个很美的谜。《红楼梦》之美，就在于它无始无终，无边无际，无真无假，无善无恶。它对故乡的定义拂去我浓烈的乡愁，激发我去寻找永远的乐土。然而，行程无边，道路漫漫。何处是生命船只停泊的地方，没有答案。只知继续寻求，只知告别一个地球东南的圆点，却赢得天宇浩瀚，四面八方。四面八方都有青青的芳草，天宇内外，到处都有我心爱的故乡。

秋天安魂曲 ‹‹‹‹‹‹‹

1

此时我只想安慰自己的灵魂。哭泣的天空已经飘远，令人心悸的风雪已经过去，没有心灵的死神在千里追踪之后已经疲倦。我坐在密茨根湖畔，身边是书本、岩石和枫叶。秋风吹拂，暗夜的星辰在头上闪烁，我应当安慰自己受惊的灵魂。

2

你的灵魂本来就那么漂泊无依那么脆弱无定。你的父亲把你抛掷在贫穷山村之后就远走空漠的冥城，你的守寡的母亲也守着潇潇的梅雨，只能用懦弱的眼泪滋养你的童年。

踏进校园，你读书如痴如醉，但你没有吸进列宁和斯大林的火药，只醉心于诗与小说。于是从安徒生到托尔斯泰，滴落在你心坎里的全是温馨的花瓣。这些花瓣让你善良，但没有力量。它不能帮助你在一个充满铁血与箭矢的历史时间中生存，肩膀扛不起太重的黑暗。在需要狼虎的时代，你却是一只只会寻找青草与嫩叶的小鹿，你注定是痛苦的，注定要无休止地逃亡，逃离虎豹利刃般的爪，逃离属于毒蛇也属于你的变质的故乡。你不会有永恒的住所，无论是今天或者明天，你都必定要四处流浪，要在荒漠的深处和历史的夹缝中寻找家园。走上漂泊的路，你不要悲伤。

3

你酷爱长着稻米与小麦的土地，无论是寒凝沃野，还是暑锁江边，你都吹着古榕的叶笛，不倦地唱着故土的恋歌。此时，你对着轻漾的湖波，还用沾满泥土的母亲的语言，诉说着你的浩茫心事，本性难改。

然而，你成长了，不单是吹奏天真的叶笛。你知道故乡的大地不只是山冈与峡谷，也不只是森林与沙滩，故乡是母亲的怀抱，兄弟的肩膀，姐妹们温柔的胸脯与身躯。当母亲向你伸开颤动的双臂、姐妹们对你展示爱的微笑时，你才认识故乡。每一次远渡重洋的前夕，你都要吻别母亲与孩子的脸额，那一瞬间，你意识到你在吻别祖国的大地。因此，当战车的履带辗过那一片温柔的跳动着血脉的大街时，你放声哭泣了。良心不许你歌唱。你的灵魂从此布满伤口也布满乌云。带着伤口你开始漂泊。漂泊的路遥远又神秘。漂泊的路上，你只是在抚摸伤口时才让头颅低垂，但你从来没有跪下。历史用带血的事件抹掉你最后的浪漫，还擦亮你的蓄满孩子气的眼睛，让你看清从前也看清明天。你不会再迷失了，被点亮的灵魂的眼睛和太阳一样圆，它肯定比你额头下的双眼更明亮。

4

你可以高兴。当往年的风暴和今年的风暴冷却了人们的血液，当泛滥的洪水把人性最底层的温馨全都卷走的时候，你仍守住体内岩壁似的坚贞，脉管里仍然保持着赤子的温热。试试你的手，手里还有热泉奔流。你不要自卑，你虽然充满惊慌，但没有堕落。你虽然像麋鹿那样从一个草原逃向另一个草原，但你没有为了活命嗷嗷求饶，讴歌猛兽。灵魂分明如山脉矗立；生命的深谷中依然洋溢着清澈的波浪。

5

你的眼泪流过了。不再用泪水来灌溉你的记忆的草地，更不用怨恨思念你失去的村庄。

其实你的躯壳就是你灵魂的故乡。当你离开母亲的身体第一次漂流到人间时，你母亲就为你的灵魂建构了第一个帐篷，你的躯壳。被你的双脚支撑的帐篷，就是你灵魂的第一个家园。这一家园永远伴随着你，和你一起跋涉天涯海角，负载你的全部快乐与忧伤。

今天你失去了孩提时代的故园，但你没有失去你的帐篷和你的弟兄。你的被揉捏的日子早已过去，此时你应创造自己，升华你的勇敢，继续你的情思。所有的人生大建筑，都是你肝胆的砖石累积成的。灵魂家园的工程师就是你自己。是时候了，该用你的骨骼再造你的故乡。统一的家园已经不在，不要与狼虎争夺那一片原野，原野之后还有大原野，大原野之后还有无边无际的海洋与星空。你只是人间的小鹿，只要有水和青草，你就能存活。即使草原上布满粗砾的沙石，痛苦再次折磨你，你也会活得很好。你不喜欢讴歌苦难，但你知道博大的悲情确实是灵魂生长的家园。

6

你记得你童年时代的家乡吗？世世代代被贫穷所浸泡，夜里只有狼虎、蚊子与黑暗。在没有月光的晚上，你和你的兄弟把萤火虫放在玻璃瓶里，制造反叛黑夜的灯光，以后你又独自用纱线把萤火虫串成光圈，骄傲地挂在自己的胸前，凭着这一点光明，你照样走路，照样让青春洒满夜间的田埂与沉寂的山峦。记住，你儿时的故乡不是狼虎、蚊子与黑暗，而是萤火虫背负着的光焰和你自己制造的星辰。故乡的意义全维系在这光焰与星辰之中。当有人用故乡的名义把你推向深渊的时候，当残暴的生物以祖国的名义把你引向死亡的时候，你不要掉入陷阱。庄严地拒绝他们，像儿时那样，高举起玻璃瓶里的光明和胸前佩戴过的光明，拒绝黑暗。

7

儿时的故园远走了，爱你和被你所爱的友人被沧海隔断了。你将陷入孤独。

你要接受你的命运，接受刻骨铭心的孤独。不要期待鲜花与掌声，不要期待兄弟为你设计生日的狂欢节，不要期待盛宴上的流光溢彩。在良心与荣耀同时放在历史桌面上的时候，你既然选择了良知，你就要接受孤独。自从你接受的那一时刻起，包围你的就不再是歌舞的欢腾，而是没有尽头的寂寞。寂寞为你铺开通向历史深处的小路，让你在那里寻找无声的快乐。

你做过那么多浪漫的梦，群体的梦和个人的梦都是那么甜蜜。梦能暖人，梦也能伤人。在那个昏黑的早晨，梦的碎片直刺心肺，生命从此断裂。今天拾起梦的碎片，不是追恋往日的温柔之乡，只是为了纪念与告别。别了，不要再期待缥缈的梦境；别了，不要再期待他人的理解；别了，不要再期待高山流水似的知音。当你走得很远，走到没有炊烟的山谷，你注定孤单。唯有正直的山谷能回应你的歌声，还有你灵魂家园里的四壁，它永远对你真诚。

8

你孤独时的生命像一片孤岛。但是孤岛所以成其孤岛，就因为它被浩瀚无际的大海所包围，蔚蓝色的大海永远是孤岛伟大的朋友。它献给孤岛以万丈碧波。孤岛的根伸到海底，海底的七彩世界是孤岛的家乡。

孤独的心灵由热变冷，冷静的生命变得如此从容。在从容中，你将重新发现历史与世界，重新发现柏拉图、亚里士多德，重新发现维纳斯与蒙娜丽莎，此时，你才真的发现你的伟大的精神家园。你感觉到吗？他们一个一个重新走进你灵魂的帐篷，抹掉你眼角上的尘埃，帮助你打开全部生命的窗户，然后永远伫立在你生命内核里，陪伴着你进行新的航行。你会发现，孤单不仅使你冷静，还点燃你生命最高的激情。

9

夜深了，应当休息了。休息之后好迎接新颖的早晨。时间不会衰老，明天的早晨依旧年青。

秋天的早晨挂满清新的露珠，秋天的中午飘满成熟的幽香。秋天过后，到处都是皎洁的白雪，雪下到处都是不屈的根群。生命真的无终无极，灵魂真的不灭不亡，哪里有你对大地的真诚，哪里就有你的故乡。

故国 ‹‹‹‹‹‹‹

你在我儿时的心目中，曾经是一张地图，像只老母鸡。你下了颗金蛋，那是台湾。一位作家寻根寻到势不两立的鸡头塞和鸡尾塞，眼里的故园也是一只鸡。

你在我少年时代的心目中，是一座长城，雄伟，崇高，豪壮，所以我写了《长城赋》，充当你的歌者。

你在我青年时代的心目中，是一张领袖的画像，夹着雨伞去安源，风尘仆仆；是一枚胸前的徽章，戴着军帽，金光闪闪。

你在我中年时代的心目中，是一片复苏的原野，是一扇开着的窗户，是一群追捕老鼠的白猫、黑猫与红猫。

此时，你，我的故国，是遥远的梦，是北京的油条、深圳的股票和家乡泉州的傀儡戏，是那几个总是温暖着我心灵的朋友的名字。

故人 <<<<<<<

往年的春节想念故人，今年的春节还想念故人。

往年想念的故人，有的已经死亡，正在青草下的坟里沉睡，但我的想念没有死亡。

往年想念的故人，有的今年已不再想念。往年想念错了，以为想念的值得想念，以为爱的值得爱。

往年想念的故人，有的已经陌生。当年他们高举我的名字，今天却害怕我的名字，像逃避江洋大盗，因为在那个动荡的夏天，我祈求过关怀饥饿的孩子，还因为心灵脆弱，负载不了沉重的风烟。

往年想念的故人，有的还在想念，痴呆对着痴呆，想念只为想念，不知世事沧桑，不知天阔地远。

故人与罪人一片混沌，天使与魔鬼一片混沌，春天的节日与冬天的节日一片混沌。春节里到处是漫天的大雪，还有苍蝇和灰老鼠，我只见到混沌的白茫茫。然而，在混沌中我仍然想念故人，因为对于我，故国只剩下几个故人温馨的思想和温馨的微笑。

晨思 ‹‹‹‹‹‹‹

今天早晨，看到漫山遍野的白雪在阳光下融化，屋檐下雪水一点一点地滴落，在木制的阳台上发出清脆的响声，像深夜里钟摆那样富有节奏。我安静地听着，感到生命在悄悄流动。

我在水滴的响声中意识到生命在继续。每一次意识，都禁不住心跳。想到婴儿从母腹中诞生，想到鬃毛还很潮湿的幼马挣扎着从地上站立起来，小鸟在巢里啁啾地期待母亲归来，我都难以平静。

此时已经晴朗，原先被雪压得很低的树枝，又重新抬起头来继续浓密地生长，花园里的小草并没有枯死，它在雪水的泡浸之后显得更加翠绿，一叶一叶都在举起不屈的手掌迎接初春的阳光。那些白桦树，已洒出第一群蓓蕾，立在躯干上的枯枝，仿佛是冬天的失败者，其实不是，它虽然付出代价，但给活着的兄弟作证：勇敢的生命可以被摧残，但不能被征服。

我走近灌木丛，发现刚刚诞生的小花蕊上已出现第一只蜜蜂，这一春天的使者不知怎样度过冬天，也不知道此时它从哪里突然降临，它们对于生命的继续，比我更加敏感，更加兴奋。

我在生命继续的第一群信息中，感到生命的倔强，并意识到自然界与人类随时都在检验自己生命的能力。铜墙铁壁拘囚着人的身躯，但毁不掉坚韧的心灵。整个冬天的狂风暴雪竟战胜不了柔嫩的小草。暴力虽然强大，但很难阻止生命的继续。

从草间树间回到书桌上，我又一个字一个字地抒写，像屋檐下水的滴落，也发出响声。我的生命也在继续。我相信，我的生命链和大地的生命链一样坚韧，任何人间的大风雪都难以把它拔掉。

继续下去，我对自己说。继续你的思想，继续你的声音，不管人们说你好还是不好，不管人们说你是突飞猛进还是踌躇不前。外在的评语并不重要，重要的是心内那一滴滴雪水般明亮而真实的声音。

蓝天 ‹‹‹‹‹‹‹

寂寞时总是喜欢仰望蓝天，尤其是身边没有大海的时候。看看蓝天，看看蓝空中飘动的白云，看看它和静穆的群山所构成的雄奇的图画，真是享受。

在卡缪的札记里，记载一个大自然的酷爱者在临终之前，请亲人们为他关上门窗，因为窗外的蓝天会使他更加留恋人间，增添诀别的苦痛。我想，我也是这样一个人。留恋生，多半是留恋蓝天、蓝海和绿得发蓝的草地，当然，还有蓝天下那些和青山碧水一样美的亲人和友人。

我常常带着感激的心情看着蓝天。在“文化大革命”那些恐怖而单调的日子里，一切真的善的美的，已无存身之所。广阔的中国大地只剩下两种颜色：大标语的红海洋和红卫兵的黄军装。乡村和城市单调到极点，书籍被禁，艺术舞台上只有八个样板戏。那个时候，只有蓝天还像往常一样美，还依旧负载着飘动的白云。于是，我总是透过窗口，悄悄地看着蓝天。地上凶险，天上却还有永恒的明丽与明净。

那时候，我对蓝天充满感激。在一切生的根据被摧毁之后，蓝天还为我保留着继续生和继续爱的广阔理由。因为蓝天，我仍然热爱生活，仍然相信丑的力量总是有限。他们不能征服蓝天，他们在横扫一切的时候，最终还是不能横扫蓝天和吞没白云。在红海洋的狂涛巨浪席卷一切的时候，蓝天依然和平、安详、静穆，并以她深广而平等的胸脯拥抱人间，也拥抱孤独的我。

其实，在更早的时候，我就感激蓝天。在儿时的摇篮里，当我用原始而单纯的眼睛看世界时，就看到对我微笑的是母亲慈爱的脸容和蓝天温馨的光明。母亲摇动着我时，蓝天在我身上降临了第一群大自然的光波。在母亲的记忆中，那一刻我才开始微笑。虽然那时我还处于混沌中，但后来我一直记住摇篮边母亲的情意和蓝天的情意。

此刻，我手里拿着笔，眼里又是清朗得像碧玉的蓝天。世界可以剥夺我的一切，从房屋到书本，从自由抒写的权利到自由呐喊的权利，但不能剥夺我的蓝天。有头顶上的蓝天，我就会继续做梦，继续思想，继续相信美的不可剥夺和不可征服。

迎接每一个早晨 ‹‹‹‹‹‹‹

每天醒来，看到晨光已在雪白的四壁上燃烧，便升起一个意念：起来，快起来迎接早晨。

在西方迎接第一个早晨是在密茨根湖畔。那天，我住在湖边的一座小楼里。醒来时，发现满屋洋溢着光辉，连窗台上的鲜花也很明亮。我兴奋地翻下床来，从窗口向外眺望，第一眼便看到火红的太阳正在大湖与蓝天的交接处冉冉升起，并在湖面上洒下一条条金色的绸带。就在这一刹那，我意识到：黑暗过去了，噩梦结束了，我已进入人生的另一个早晨。

我喜欢早晨。觉得每一个早晨都是新的，每一个黎明都是清新的开端。在早晨里，我喜欢靠在床架上读书，在书页上打着一个一个的问号。在幼稚的年代里，我喜欢结论，现在则喜欢质疑，我很高兴自己的生命仍然像早晨那样充满开始的气息。

过去自己那些已经出版过的著作，就在书架上，此时也在晨曦中燃烧。但我很少去翻阅它。我喜欢新的开始，喜欢正在发酵中的新课题。昨天我的书籍向已有的观念质疑过。今天我又有新的叩问，我相信人文学者的使命在于提出问题，而不在于提供结论。

我一直把古希腊视为人文思想的早晨。那个伟大的开端至今还在养育着人们的头脑。文艺复兴时代是另一个布满曦光的早晨，但太阳是一样的，都是人的太阳。我期盼下一个世纪能够第三次迎接早晨。太阳还是和前两次一样放射人的辉煌。我记得第一个早晨的先觉者们都有一个充满质疑力量的脑袋。他们并非提供永恒的真理，而是提供拓展世界的课题。如果当时他们穷尽了真理，我们今天就无所事事。

其实人类的始祖亚当与夏娃也是向上帝提出问题才开始人类的历史的。他们不满足于上帝的结论才会去偷吃禁果。伟大的天父尽管知道他们犯罪，但还是爱他们的。他们毕竟是能思想的生命。

处于早晨中，满怀思绪在汹涌。面对青翠的山峦和挂满露滴的鲜花，我觉得自己和他们一样年轻。已经消失的生命属于昨天，今天又是另一渴望新知的生命，我不会在已有结论的包裹中沉睡，而要从结论中醒来，以迎接新的日出和新的召唤。

望夜空 ‹‹‹‹‹‹

在夏夜的阳台上独坐，面对茫茫太空，望着横贯天际的星河银汉，并不猜想头顶上无穷的神秘，倒是想起人生。

想到人生之难固然很多，但是最难的似乎是在胸脯里保持一朵像星光似的永远燃烧的火焰。不让这一支火焰熄灭，这是最不容易的。

走进社会之后，我就感到有许多雨雨风风在扑灭这支火焰，而自己也觉得在胸中燃烧着星光，其实是很累的，也时时想让它扑灭。倘若不是还想支撑着这一点火光，生活可以轻松得很多。

然而，火焰终于没有熄灭。仰望星空时，我本能地抚摸自己的胸脯，觉得胸脯是暖热的，自己对于世界的态度还没有冷却，热爱生活的心肠还没有僵硬。眼睛望着星空，分明还有寻找的好奇与颤动。脉管里的血和水不是死血与死水。

想到这里，我便感谢那些曾给我力量的人和书本，好几次那些不屈不挠的思想者，那些给我力量的哲学与文学。我确信好的文学总得给人以光明和力量。

每次仰望天上的星辰，就想起地上的孩子。以往母亲对我是爱得那么深，不管生活怎么艰难，她都要支持我身内燃烧的火焰，她本能地意识到这支火焰正是儿子的心灵。现在轮到我了，我从母亲身上学到，最大的慈爱就是护卫孩子心中的那一点闪亮的幽光，那股热爱生活的激情。任何时候都不要伤害孩子，即使在苛责孩子的时候，也不要扑灭孩子身上的火焰。

世界只剩下一张小床 ‹‹‹‹‹‹‹

太疲倦了，疲倦到忘记时间与空间，忘记是春眠还是冬眠。

世界常常变得很小，此时小到只剩下一张小床。

睡着，做着梦。然而，又忘记是在什么地方做梦，忘记是白天的梦或夜间的梦。

不知道自己处在时间的哪个点上，也不知道处在空间的哪个点上。刚刚目睹了许多“死”，为“死”而伤感。此刻又怀疑自己也已死亡，然而，摸一摸眼睛，眼睛还有热气。明明还活着，只是模糊了昼与夜的界限，生与死的界限。

连生界与死界都混成一片浓雾，还能记得他人的生生死死吗？世界只剩下这张小床，只记得在小床上生，在小床上睡，也将在小床上死，此时只有小床是天堂，床外的世界我不喜欢，那些把戏我已看够。何况，此刻世界又很圆满，血迹早已洗净，尸首早已埋好，彩绸飞扬在繁荣的大街，柳树又抽了三次芽，鲜花在阳光下闪烁，比往年更加妖娆。此时重要的是睡一会。这回的疲倦不是身倦，而是心倦，要从疲倦中解脱是需要心睡的。好久没有心睡了。好几十年了，心老是睡不着。连梦里也弥漫着红旗与硝烟。寻找一张平静的小床，与寻找一张平静的书桌同样艰难。平静的小床与平静的书桌，就是我的奢侈品，我的乌托邦，我的太平天国。今天可以放心睡了，唯有倦旅者知道心睡是多么甜美。

该好好“心睡”一下，反正已忘记时间与空间。黎明与黄昏对于倦旅者没有意义，如同凯旋与失败对于厌战者没有意义。心睡该像进入冬眠吧，洞外虽是冰霜雨雪，一觉醒来，说不定已是明媚的春天。倘若春天不来，也要好好睡。只要不再倦旅就好，只要不像此时此刻的懒洋洋就好。

故乡大森林的挽歌 <<<<<<<

1

记忆被沧海切断了。

记忆被染上了波涛的墨绿色。

然而，记忆还在记忆。

又记起故乡已经消失的大森林，在沧海那边曾经也像波涛一样汹涌过生命的大森林。

那一片原始大森林，那一片坐落在家乡黄土高坡上的榕树群与松树群，已存活过许多年代，至少吞吐过五个煊赫一时的王朝。然而，它却在这个世纪的一个历史瞬间消失了。一大片郁郁葱葱的生命，就被砍杀在我们这一代人手里。我自己正是一个疯疯癫癫的砍杀者。

我们这一代，人生伴随着贫穷与恐惧，也伴随着野蛮与疯狂。我们这一代，粗野，好斗，嗜杀，充满错误，罪行累累。每个人的心中都藏着一部罪恶录，那里有别人留下的伤痕，也有自己给别人留下的伤痕。

可是，我要为我的同一代人辩护，因为我们吃进去的精神粮食，不仅粗糙，而且全是带着火药味的僵硬词句，浑身都带着语言的病毒。铅字是有毒的。而我们的肠胃却装满铅字和概念，铅字在腹中燃烧，概念在体内膨胀，没有砍杀的宣泄，我们就会闷死。

2

那一年，那是喧嚣与骚动的一九五八。

那一年，个个都变成诗人、革命家和疯狂的红蚂蚁。

到处是战歌、红旗、高炉、烽烟和蚂蚁的沙沙声。

我也是一只扛着红旗唱着战歌的疯狂的红蚂蚁，瘦得皮包骨的红蚂蚁。

我和我的蚂蚁弟兄们疯狂地爬到山上，左砍右伐几个白天和几个夜晚就吃掉故乡的全部小松林。

我还朗读着“革命诗人”郭沫若《向地球开战》的诗句，煽动着已经晕眩的兄弟，助长了正在相互传染的精神浮肿病。我忘记老诗人还有“地球，我的母亲”的呼唤，忘记整个人类只有一个共同的母亲，只有一个共同的生命存放之所，忘记她是我们唯一的根，我们唯一的源，我们不能向她开战。那一瞬间，我们真的疯了！

在山野里，我们倾听着县委书记在扩音喇叭里的广播演说，那是“战争”的动员。他说，为了炼出一千零七十万吨钢，我们要把全县的树木砍光、烧光、用光。我们为书记欢呼。呼声震动着连绵的群山。

我们这些中学生只是执行“三光”政策的砍杀小松树的小蚂蚁。而大蚂蚁大力士们则一举砍光了我故乡的那一片大森林。

这个世纪真是神经病的世纪。所有的人都嗜好砍伐，嗜好洗劫，嗜好造反，嗜好践踏生命，人人都变成疯狂的红蚂蚁，在用笔墨批判无端的“白旗”之后又用斧头去批判无辜的青山绿树。

从那一年起，故乡的小树林与大森林就在高炉里和我的心里凝成一块一块废铁，于是，我的心中开始沸腾起炽烈的血腥的歌声。

红蚂蚁虽有铁甲，但没有灵魂。灵魂在剥夺大森林之前就被剥夺了。被剥夺者成了凶恶的剥夺者。没有灵魂的红蚂蚁横扫一切。到处是红旗与红海洋，到处是红袖章与红歌曲，到处是红与黑的转换，到处是激情燃烧的疯人院。

记起古希腊的一个神话，说是天神送来的一个梦。为了实现这个梦，两个城邦国家进行了战争。蚂蚁虽然没有灵魂，但也有天神送来的梦，梦里展示着未知的辉煌的天堂。为了实现天堂的伟大目的，一切黑暗手段都是合理的。掠夺与剥夺，扫荡与侵略，奴役他人与自我奴役，都是天然合理的。为了这个梦，什么都可以做，一切砍伐都天经地义，一切杀戮都符合经典，把大森林化作废墟也是伟大的凯旋。渺小的蚂蚁与伟大的战士没有界限，崇高与残忍没有界限。故乡的大森林无处伸冤，故乡被践踏的青山绿水无处伸冤。

3

不敢想象，父老兄弟没有那一片大森林，该怎么活。几乎被贫穷吸干了生命的父老兄弟，吃着三餐稀饭，住着蛇蝎可以随意出入的小土屋，一代代在南方的炎阳下曝晒，唯一的避难所就是大森林。我的满身汗水的祖先，如果没有这些大森林，早就被烧焦了。

走不出乡土的兄弟姐妹都是一些被尼采称作“末人”的农民，他们不知道什么是幸福什么是创造什么是期待什么是星球。他们口里念着革命词句但不知道什么是革命，他们心里想着高楼大厦但不知道什么是高楼大厦。我是从“末人”中奔闯出来而完成了人的进化的幸运儿。但我深深地爱着我的乡亲，因为我和他们一起像烙饼似的被故乡的烈日煎烤过十几个年头。

他们虽然麻木，但对于煎烤的感觉还是有的。他们酷爱这片大森林，知道要在贫穷中存活，是需要大森林的护爱的。因此，当人们在说“阶级斗争”是生命线的时候，他们总是固执地相信唯有这些大森林才是生命线。于是，当砍伐大军以“三面红旗”的名义开始毁灭这片大森林时，我的一个贫穷的而名字偏叫“富翁”的伯伯疯狂地抗议，之后就吊死在一棵幸存的榕树上。这是一个真实的、可以经得起社会学家考证的故事，我的乡亲就是这样一些可以为大森林而死的人群，虽然贫穷，但并不缺少勇敢。

三十多年过去了，此刻格外想念死去的大伯，也是此刻，我才更了解他的“死谏”的意义。我的大伯像泥土一样质朴，也像泥土一样永远沉默。但他的行为语言却表明他有至真至爱的内心，在他的潜意识里，有一盏最明亮的灯。他比谁都明白，大森林的死亡，意味着故乡的沉沦。从此之后，故乡将失去灵魂，将失去蕴藏着灵魂的绿色金字塔。

我知道我的乡亲、我的伯伯只是争取一种可怜的权利，那就是喘息的权利。没有树阴，他们就无处喘息，生命就会在烈日下蒸发掉血和水分。

我的富翁伯伯，你和大森林同归于尽，因为你太爱我们的家乡。您是一个为争取喘息权而献身而牺牲的伟大庄稼汉。

4

故乡大森林中的每一棵老树都有一篇动人的故事。高达数丈数十丈的巨松与巨榕曾使我的童年充满想象力。很少人知道，故乡大森林是我的第一部童话与神话。我的阅读与写作正是从大森林的壮阔中开始的。不是课桌，不是词语，而是大森林浪涛的呼啸与沉吟，为我打开诗歌的第一页。我从小就知道，大森林的音乐来自天空的深处和历史的深处，它那些如同开天辟地时混沌的响声，一直给我取之不尽的灵感。

我在青年时代对着来自城市的高傲的同学，也有自己一副农家子的骄傲。这就因为我从小就生活在神话里，那不是化石般的神话，而是沧海般滚动着灵魂活力的神话。树上的鸟啼，使我热爱黎明与音乐；树下的虎吟，在我生命中注入了豪迈；而大森林的历史，又在我的心灵深处积淀了中华大地的辉煌底蕴。

一个生于偏远乡村的农家子，学会读书和著述，就因为有家乡参天巨木的启蒙。每次写作，大森林就会摇动我的手臂。我的文章就会灌满大地的元气与奇气。这是我的书写的秘密，我的心灵的孤本。然而，我从来不告诉老师。我知道他们一定会笑我荒唐，一定会认为我违背写作法则。其实，写作时总要反抗法则。诗法应是大森林的自然之法和无法之法。我知道定义与概念全是陷阱，我不会把故乡大森林赋予我的灵感葬送在陷阱之中。现在我也制造理论，但制造理论仅仅是为了反抗理论和超越理论。我不知道这个制造红蚂蚁的世界，从什么时候开始，把学院生产的法则抬得那么高，还制造了那么多笼中诗人与套中作家，他们只会在干枯概念的包围中呼吸，唱出来的歌，远不如故乡大森林中的喜鹊与猫头鹰。

记得葡萄牙诗人毕索阿说过：“人是两种存在状态的交织。”人曾是梦幻的存在，那是孩提时代的真实存在。后来人变成了现实存在，那是由外表、言说、权势打扮起来的虚假存在。我要为毕索阿的真理作证：故乡的大森林使我的梦幻存在成为可能，也使我的诗意栖居成为可能。我要记住大森林的呼告，继续展开梦幻，继续寻找诗意的生活。

然而，当我怀念那一片森林和那一群青山的时候，被缅怀者已经死亡。大森林没有坟，死得无影无踪。自从知道他们死亡之后，我呆板、愚蠢得多。我几乎可以感觉到这种历经数十年光阴的呆板和愚蠢，如今，当我在异邦的青草青树面前恢复关于那一片大森林的记忆之后，才觉得那一片大森林是我灵魂的一角，变得呆板和愚蠢就因为我的灵魂缺了一个角。我其实是一个灵魂的残缺者。

我真不喜欢人们称赞我的呆板与愚蠢，把残疾者当作完人加以讴歌绝不会使残疾者舒服。听到颂扬呆板与愚蠢的歌声时，我的心里就升起悲怆的歌声，他们讴歌傻子和老黄牛，其实是想让我生活在洞穴中而不自知，生活在铁屋中而不自明，好让我总是愚蠢而驯服地让他们牵着鼻子走。

我已听够了赞歌，听够了无数天之子和地之子的赞歌。我讨厌那些坐着唱赞歌和站着唱赞歌的诗人，特别是讨厌那些跪着趴着唱赞歌的诗人。他们早已满头白发，还老是装着小孩的模样唱着酸溜溜的颂歌，我真受不了这些没完没了的酸歌。当然，我更不能忍受歌颂砍杀大森林和砍杀小孩子的战歌。我宁愿听挽歌，我现在写的就是大森林的挽歌，我的青山绿树和我的清溪绿水的挽歌。

5

到海外多年了。尽管在异域生活在真诚朋友的包围之中，但是仍然感到孤独，总是放不下故国那一片黄土地和那一片消失了的大森林。

在故乡的黄土地上，我就觉得根扎得太深，深得喘不过气，那时，我觉得自己是个重人，为了从太多的根须中解脱，我不断挣扎。艰辛的挣扎几乎耗尽生命的能量。如今，我浪迹四方，又觉得自己没有根，生命仿佛在云空中飘动，此时，我又觉得自己变成了一个轻人。

时间真可以改变一切，包括改变沉重，我开始沉醉于很轻很轻的小草，沉醉于无所不在的草地。我相信每一棵小草，都是造物主的一笔一划。这些草地就在校园里，就在街道两旁。很奇怪，这些草地神奇地化解了我的孤独与寂寞，使我获得压倒一切的安静。也许因为嗜好形而上的冥想，贪婪于精神上的追求，所以常常感到现代社会的乏味，然而，在乏味中，我却发现了草地、森林与湖泊。我相信，唯有草地、森林与湖泊，能够拯救我残缺的灵魂。碧溶溶的草地真是一面镜子，由于它，我才发现自己曾经是疯狂的红蚂蚁，也是由于它，我才发现自己的生命更换一种颜色，这就是绿色。而不是红蚂蚁身上和红旗上那种红颜色。我的生活要求是那么简单，只要有窗内的盐和面包，还有窗外的绿色，就能生活得很好。

然而，我已经永远失去故乡那一片大森林。生命不能复制，如同人生只有一回，大森林的壮阔不会出现第二回。异邦的森林固然很多，但不能赋予我生命的元气与奇气。不能像故乡的那一片大森林，每一片叶子都与我相关。我相信，这颗星球上再也不会生长出我故乡的那一片大森林。壮阔的生命毁灭之后，永远不可弥补，不可替代。死的永远死了。消失的永远消失了，我的生命只能留下永恒的空缺。那条青溪，那群青山，那一片大森林，那一脉遥远的梦幻，只能闪现在我的空缺的记忆里，催生我的第一首翠绿色的挽歌。

秋天的凝思 <<<<<<<

在瑞典，我常呆呆地凝望着秋叶，看着时间悄悄地流进秋色里。我不觉得自己在消耗生命，只是在寻找生命。

人间其实也像秋江秋海，而我自己，只是秋江秋海中的一片叶子。然而，我并不是为此伤感，虽然伤感常常是很美的。不过，我在秋色中却明明看到，尽管秋花秋叶这么浓这么灿烂，但它正在消逝，没有一种力量可挽回这种消失，美的生命其实只拥有片刻。

我刚到瑞典的九月份，秋色还在蓬勃燃烧，可是仅仅一个半月，几阵秋风，一场小雪，就熄灭了枝丫上的火焰，并以无数落叶给大地铺设了一层寂寥。飘落的叶子提示我：最美丽的生命是最脆弱的，最容易消逝的。美丽的生命只顾追寻和证明自己的美，没有包藏美的甲壳，最容易受伤。这些很美的秋叶，很像人类中那些赤子般的诗人，他们只顾展示星辰般的思想与文字，缺乏乌龟般的自我保护的硬壳，因此，总是最先受到暴力的打击和伤害。

《红楼梦》中林黛玉的葬花故事，我读后就叹息，最美的生命总是最难持久，最难把握，无论是自然界还是人间，都是如此。林黛玉的悲剧正是意识到这一点。如果不是意识到，她就不会写出哀婉动人的《葬花词》。她知道自己的生命注定和飘散的秋花一样，是最脆弱的，注定要很快地化作尘土，生存的时间只是片刻。她固然如此伤感，但没有奢侈的期待，只求“质本洁来还洁去”，在片刻中不要被肮脏的社会泥沼所污染，埋葬自己的但愿是干净的朋友之手，而不是龌龊的沾满鲜血的罪恶之手。

可是，为了那燃烧得宛如星辰的片刻，美丽的生命经受了辛苦的历程，从孕育、诞生到发展、成熟，每一季节都是步履艰难。而当步履走到最辉煌的时刻，紧接着便是无可避免的死亡。然而，明知死亡无可逃脱，生命还要继续生长，还要重复以往生命的悲剧，最美的生命也难回避这种不幸。

为了片刻，人们不怕重复悲剧性的命运，可见这片刻毕竟宝贵。于是，我在凝思秋色时便想到应当保护和珍爱这片刻，不要用谎言与废话去把片刻化作烟尘。当人生宿命似的重复孕育、降临、发展、成熟的艰辛时，不应当也宿命似的重复已有的荒唐与荒谬。在生命的循环悲剧中，似乎也可用片刻的力量去反抗这悲剧，赢得一页属于自己的故事。

祖母的墓茔

我七岁那年，祖母死了。它的死比父亲的死对我的刺激还大。在送葬的那一刻，我放声大哭，并且第一次恨世界。这个世界太残忍了，夺走了最爱我的人。

但我的恨很快就消失了。因为世界立即安慰我：祖母就安葬在离家很近的山冈上。站在家门口，就可以看到那个长满青草的浑圆小山冈和祖母的浑圆的坟墓。祖母长眠的地方，修整得很干净，周围又有我喜欢的许多小茶树。树上常常开满洁白的小茶花。祖母就睡在我的眼睛里和小茶树丛里。祖母临终前就嘱咐说，坟墓要朝向家门，她要时时看着我们，我们也要时时看着她。

祖母的坟墓离家这么近，使我少流了许多眼泪。每次想念祖母，我就坐在门槛上，望着小山坡，望着小茶树。或者和弟弟一起，爬上山冈，到祖母的坟边，抚摸一下洁净的墓碑和墓碑上奶奶的名字。祖母虽然死了，但觉得祖母还在我们身边，她只是去睡，只是不会醒，其他的都一样。祖母的坟墓就在自己的村庄里，使我的心里暖和了很多。

后来，我远离祖母，到了繁华的厦门、北京，现在，又来到更繁华的西方。每次在城郊看到一大片墓地，看到墓地上一大片碑石，就想起遥远的祖母。我不喜欢这种密密麻麻的集体墓地。我想，如果祖母去世时，也被埋在陌生的地方，也在难以找寻的城市的郊外，而且和千万死者混在一起，我会多么寂寞。

我真喜欢儿时的故乡，那个群山环绕着的平静的村庄。那些小溪、小路，那些走在小路上的小鸭、小羊，都和我贴得那么近，连祖母的坟茔，也和我贴得很近。故乡的天空那么辽阔，整个都属于我。故乡的原野这么清新，也整个都属于我。故乡不仅有生者的驰骋之地，还有死者的安居之所。决不像这些繁华的城市，天空只是高楼之间的一条裂缝，生者已经拥挤不堪，哪有死者的安息之地？走过许许多多的大街小巷，倒觉得儿时故乡的自然村落可爱。

祖母去世四十年之后，我才意识到祖母是幸运的，她生前离大自然那么近，死后也离大自然那么近。她拥有最广阔的天空和原野。虽然贫穷，虽然只是一个普通的农家女子，但她的生命存在是真实与富足的。我爱仁慈的祖母，我希望我的生与死，能和祖母一样，不会远离青山绿水和飘动的树叶，不会远离清新的空气。

海悟

从住处出发，只要走过一条山边幽静的小路，就可见到海湾。这是波罗的海的海湾。海水和海滩都很清洁明丽，让人喜欢。

来到瑞典之后，除了冰冻的季节，我几乎天天都要到海边散步。在山与海之间的小路上，不知走过多少回。每一次都感到新鲜、快活。我感到，在这一年里，我的脾气变好了。温柔的蓝海水沉淀了我的许多烦躁。

在海边走了很久，常常见不到一个人，笼罩于天地间的只有大自然的寂静。在寂静中，我望着海波。海波轻漾，缓缓地抚摸着海岸，几乎听不到响声。一群小鱼在清澈的水中浮游，但不跳跃，鱼也害怕打破世界的寂静。偶尔遇到一两个瑞典人带着小狗从小路走过，小狗见到陌生人，就跑过来闻闻我的脚，舔舔我的鞋，寂寞中见到小狗，也和见到小鱼一样欢喜。

我和海真是有缘。故乡离海很近，我从小就在心里积淀着海。长大了，又把海当作大自然的经典一遍一遍地阅读。我曾告诉朋友，我已写了《读沧海》和《再读沧海》，还将写《三读沧海》，但是至今没有写出来。因为近年来的海，再也不是我的欣赏对象，而是我的生命本身。海与我完全融合为一，一见到海，我就充满喜悦，拥抱大海就如拥抱自己。我已忘记“读”了，只顾在海里享受生活与生命。1991年我到夏威夷和洛杉矶参加学术会，都在海滩上滚爬了一阵，高兴得有点疯癫。海的印象至今还压倒会议的印象。生活与生命本来就比学术丰富，我为什么要遗忘更丰富的世界呢?

其实，把海当作生命本身的人并不只是我。同乡诗人舒婷去年告诉我，她听说台湾的王永庆要去厦门附近的海沧建造化工企业，简直难以忍受。如果连唯一可慰藉自己的大海也被污染了，她真想自焚。我能理解她的话，能理解如果失去明净的大海对她意味着什么，海对于她不仅是诗之源，而且是生之所。然而，现在的世界是金钱主宰的世界，为了钱，可以卖陆地，也可以卖大海。卖海的人，决不会想到海与诗人如此息息相关。

住在北京，最感到难受的是没有海。1988年春节，我想回家乡——福建去看望九十高龄的外祖母，但要不要带小女儿莲莲去，还在犹豫。此时正好刘心武来了，他一知道我犹豫，就说：“还想什么呀，小莲已经九岁了，还没有见过海，凭这一点你就该带她回去。”他这句话倒提醒了我：是呀，怎么忘记了看海？怎么忘记了海的积淀对于孩子的生命是多么要紧？记得带她上幼儿园、上小学，怎么就忘记了带她去看海？北京没有海，这对于孩子不仅是一种不足，也许还是一种不幸。

如今，小莲也和我一起浪迹四方，也常常见到海。海的辽阔已走进她的生命，这就可放心了。在波罗的海岸边的岩石上，我想起她第一次在厦门见到海的情景，想到这些年她面对沧海的大喜悦，心里真感到欣慰。我确信，海已成为她生命的一部分，她的人生将不会缺少万里碧波。

被死神掌握的时刻

几年前的一个夏日，我经历了一个特殊的时刻，这是被死神掌握的时刻。我充分意识到，自己就在死神得意的掌心里。

那时候的船，是一片致命的大黑暗。隔着船板就是汹涌的海水，但我看不见，只看见黑暗。死神确实只有在黑暗中才能建立它的权威。

在死神掌握的那一刻，我突然变得很平静，没有恐慌，没有焦虑，只想到世界的沧桑太快。偶然，偶然太强大了，强大到在一个瞬间可以改变天上、人间、地狱的位置。昨天还在天上做着彩色的梦，此刻却只剩下一个黑暗的实在。天上人间的颠倒，只因为一声怀爱孩子的呐喊。世界真的太残忍了。

这之前，我就讨厌的“本质”概念，此时又闪进脑际，在大沧桑中我倒是看到“本质”了。往昔令人眼花缭乱的一切，光荣、繁荣、笑容，解放、开放、心花怒放，此时全显现出它的本质，这本质就是实实在在的黑暗。黑暗，才是最后的实在。假如死神放我一条生路，我的最后的记忆，只有黑暗。我能告知世界的只有这唯一的实在。在死神掌握的那一刻，我发现自己真是一个无可救药的形而上嗜好者，至死也爱思索。没有光明时，思索黑暗也是一种乐趣。

然而，我也想到形而下，想到身边的妻子和远方的母亲和女儿。在被死神掌握的时刻，牵挂也变得很简单、很具体，绝没有浪漫。但我已没有力量去关怀远方，只求不要给她们致命的打击，然而，如果死神真的把我带走，对她们的打击就太残酷了。想到母亲和女儿，我立即变得非常软弱。人真是历史的人质和命运的人质，人质掌握在死神手里，强大也会变得弱小。此时，我想到向死神投降。可是，死神不知道在哪里，死神仿佛也是虚无的，唯一的实在还是周遭的大黑暗。黑暗中我才明白自己是多么懦弱，远不如一匹狼，狼在危险的时候，一定会挺身去拼搏，去和敌手厮咬一番，而我却只是龟缩在大黑暗中。

然而，抚摸一下眼前的黑暗，我又对自己满意起来。奇怪，一个很爱面子的书生竟然不怕踏入黑暗，不怕斯文扫地。在往昔年富力强的岁月中，生命那么害怕黑暗和黑暗的动物，那么少知识者的风骨，灵魂动不动就跪下，此次竟然挺起灵魂的脊梁，做着穿越黑暗的冒险。前些时候灵魂已被子弹打成碎片，但还是没有跪下，碎片是真的，掷地可发出响声。此时，我仿佛听到这些响声。而且想到，如果死神并不随即给自己的生命画上句号，那么，没有跪下的灵魂是应当发出不同以往的响声的。这些声音，该是对世界无所需求，对心灵无所背叛，对人类无所欺骗，对名利无所向往。这种响声，是结实的，新鲜的，连死神也无法扑灭。

在死神掌握的时刻，每一分钟都那么长，每一分钟都那么重要，几个小时，好像几十年。穿过这几个小时之后，我好像老了很多，又好像年轻了很多。过去的自己，好像被抛得很远，我看到他在沧海那边，朦胧地向我招手，我们又一次告别。

可能的绝唱

拒绝合唱，这是一个写作者的独语，然而，它该也是一代惊觉者的独立宣言。我要独立咀嚼天地的精英然后独自吐出我的蚕丝我的独唱和可能的绝唱。

心灵的孤本 ‹‹‹‹‹‹‹

我喜欢读书。书本是我的救星。到了海外，精神曾陷入危机之中，又是书本拯救了我。书本悄悄地调节我的一切，帮助我构筑一个属于自己的世界。每次到芝加哥大学远东图书馆，总有一种奇异的感觉，觉得这里是一个躲藏的天堂，我来到了一个天堂般的避难所，远离了地狱的熔岩，远离了肮脏的喧嚣与骚动。

图书馆里有许多好书，有被称为“珍本”和“善本”的许多好书。我常常被一些精彩的书本所震撼。但也发现有一种东西，是书架上所没有的，也许永远不会有，这就是我的心灵的孤本。这种孤本，是我自己独特的人生体验，他人不可替代的体验。也许前人与后人都会经历与我相似的行为，但不可能具有与我相同的体验，在内心最神秘的深处，我和他们一定有许多区别。我的体验不重复前人，也绝不会被后人所重复，它只属于我自己。在人世间，不会有第二部这种精神的版本。

这种孤本储藏于我的心中，我无法展示它的全部内涵。但我知道，这是一个独特的存在，一个未被恐怖所撕毁和未被死神所剿灭的存在，一个在难以生长的地面上硬是生长起来的存在，一个不允许存在但仍然存在下去的存在，一个曾是香果曾是苦果曾是禁果但几乎是无树可依的存在，一个热爱沧海阅览沧海但险些被沧海所吞没的存在，一个主张泯灭仇恨消解仇恨却收获到无数仇恨的存在，一个总是生活在他人送来的梦中然而在梦破之后又继续寻找失落的梦的存在，一个不喜欢听战歌听欢歌听酸歌但又说不清喜欢听什么歌的存在，一个喜欢共工又讨厌共工喜欢女娲又讨厌女娲喜欢刑天又讨厌刑天的存在，一个找不到坐处找不到写处又喜欢坐着思索坐着冥想坐着抒写的存在。我确信我的孤本乃是自在之物，它可以为历史的河水增添一些新的点滴。

我很珍惜我的孤本。我认定人生中最可靠的一切是自己体验过的一切。有人说，历史的经验值得注意，但历史的经验毕竟是前人他人的经验，它不能代替自己的经验。当一颗子弹穿越我的灵魂，然后灵魂流出血并以血写下的体验，确实比前人他人给我留下的墨写的文字深切得多。

其实，每个人都拥有只属于自己的心灵的孤本，这是无价的财富。我因为意识到这一点，所以并不自悲，总是读着，想着，写着，把孤本一页一页地展示于人间。

孤独的领悟 <<<<<<<

去年我经历了很长时间的孤独。

这是在异乡的孤独。这次孤独，特别沉重。

尽管被真诚的朋友包围着，尽管妻子就在身边，但总是感到孤独。

人的生命现象真是奇怪，任何安慰，任何温情，任何美丽的故事都无法抹掉笼罩于心中的孤独感。而且愈想抹掉它，它就愈显得沉重。常常沉重得喘不过气。夜阑人静之时，会突然感到精神的窒息，拉开窗帘，想看看夜空，我总觉得星星是我的故乡的星星，从童年时代开始就一直伴随着我。然而，此次孤独，闪烁的星星们竟不能援助我，面对星空，又是一阵精神窒息。此时，我才悟到孤独的庞大。穿越孤独，就像穿越巨大的、无边的夜宇宙，一切努力都是徒劳的。

孤独真会使人颓废。也许颓废正是与孤独进行抗争的形式，难怪孤独的人那么喜欢女人和酒。

孤独可以使人颓废，但也可以使人深刻，当我的心灵足以支撑庞大的孤独时，我发现在最孤独的时候，也是拥有最丰富的内心生活的时候。说不出什么原因，在这个时候，心灵中许多埋藏了很久的思绪突然复活了，一切思绪都涌向孤独的洞穴，无尽的回忆，无尽的思念，无尽的辩护，无尽的悲愤，全都一涌而上。此时，我感到思想在膨胀，心胸在伸延，灵魂展示出无数新鲜的绿叶。也是在此时，我才想到过去的生命太繁华了，宾客如云，生活如歌，时间被切割，生命被肢解，心理节奏被破坏，深邃的精神生活被搁浅在熙熙攘攘之中。

我是一个无神论者，我不相信绝对的神秘体验，但我相信相对的神秘体验，在孤独中，许多神秘的、不可思议的东西，在我的心灵中集合，使我感到人的内在宇宙真是无比奇妙，我甚至怀疑在这个宇宙中真有我们的肉眼见不到的千百万个微小的、活泼的蓝精灵。

一个人的一生，如果总是风风火火，不管风云如何变幻，总是不会感到孤独，这大约不是深刻的灵魂。在中国现代文化史上，鲁迅和郭沫若的差别，就在于一个有孤独感，一个没有孤独感。郭沫若晚年的悲剧，就是在应当孤独的时候却没有孤独。所以他把自己的才华消耗在给“百花”作注和给领袖的诗词作注以及其他颂体的文章中，真是可惜。而鲁迅，却把他的孤独真实地展示出来，至今，我们仍然阐释不尽他那些“孤独”所包含的深广内涵。

草地

在芝加哥大学，除了喜欢到图书馆之外，就是喜欢看看校园的草地。

校园内到处是草地，其实，校园外也到处是草地。然而，我就喜欢看看，已经看了两年了，还是喜欢看看。

草地上除了青草之外，别的什么也没有。我的根在故国的土地上扎得太深了，不容易喜欢异邦，然而，我却很喜欢异邦的草地。

我在西方的享受，就是看看这些草地，这些青青的、青青的草地。

我爱躲在屋里读书，读得累了，突然会想起屋外是一片草地，顿时就有点精神。一旦走出门口，闻到草香，就更有精神了。这种体验多了，才意识到草地也是我生命的一部分，它天天在给我注入一种精神的液汁。只要有草地在，我的生命就不会变成一片赤土。

记得童年时代的故乡，也到处都有草地。可是，前几年我回家乡时，才知道草地和森林都消失了。不知道在什么时候，故乡被剥了一层皮。

在北京生活，因为很难见到草地，就在自己楼前小院里种了一些小草。可是，街道委员会的老太太们组织大扫除时，总是把它拔得干干净净。在京城里散步，总觉得缺少点什么。到了美国之后，才意识到是缺少草地。

我的生命太需要草地了。如果故国也到处都有草地，天天都可以看看草地，我的心境一定会安静得多。对于我，这些飘动的小草，比挺立的旗帜还重要。

夏日里，我更离不开草地。晚饭后我一定要到草地上坐坐，看看，想想。坐在草地上，想什么都特别顺畅。

对着眼前的青青翠翠，我想到，人生其实也很简单，只要有一箪食，一瓢饮，一片草地，就可以生活得很有味，用不着那么激烈，那么多忧烦，更用不着那么多旗帜、火药和无谓的喧嚣。

时时心存感激 <<<<<<<

在国内的时候，读过《荒漠甘泉》。这是一位女基督信仰者E. Cowman夫人所写的日记。这部日记记录了她在丈夫病重期间（直到痊愈）的心路历程。在这个过程中，支撑着她战胜一切艰难困苦的内在信念，就是“时时心存感激”。

她感激惠临一切的深挚的爱心，感激通体浸润着仁慈的救主。我是无神论者，因此未能完全理解她的感激的内涵。但是，她的“时时心存感激”的灵魂形式，却使我深深地感动。

我发现自己也是一个“时时心存感激”的人，我时时感激着我的母亲，我的妻子，我的老师，我的真诚的具有大义大勇的友人，还有我的故乡和我的土地。我曾写过散文诗感激故乡那条滋润过我的干旱的心胸的小河，还感激拥抱过我的那一片苍翠的草地和总是在我家园里游戏和唱歌的小麻雀。大约因为我时时心存感激，所以我消解了心中的许多忧虑、痛苦和仇恨，在内心经历过煎熬之后，仍然选择以善去对待人间，在社会不断动荡中仍赢得一个恬静的内在世界。

这一年来，我身居异邦，精神上又发生了一次裂变。这是我内心的一次大雪崩，只有我自己能感到它的震撼。这次雪崩，使我经历了一次从未有过的恐惧。疯狂的恐惧不知道从什么地方突然而来，突然而去。它有时把我从睡梦中摇醒，有时则把我思索的逻辑全部打碎，使我眼前只留下一片迷茫，一片大荒山。然而，在疯狂的恐惧袭击之后，我又恢复了平静。我惊叹这种还我平静的神秘的力量，并因此又产生感激，而且是比以往更加深刻的感激。这不仅是感激以往我曾感激的那一切，而且还感激一种我说不清的东西，一种使我在雪崩中仍然保持着身体健康和灵魂健康的神秘的存在，一种使我不仅没有被恐惧所吞没，反而在恐惧中重新燃烧起生命之火的“怪物”。我本来会随着内心的雪崩而倒下，或在疯狂的恐惧中撕毁自己，甚至会粉碎对于人类的全部信念。然而，我没有。我发现降临于我身上的有一种比恐惧更加强大的力量，它好像是超自然的、一定要把我引向一种奇妙的精神境界上的力量。我说不清这一存在的面貌，但我知道这是数千年来人类文明所积淀成的一种伟大的存在，我因为恐惧而敬畏这种存在，对它抱着刻骨铭心的感激。

正因为有这种存在，所以一种似乎平常的，然而却是不可思议的情感总是不会死亡。就在我的书桌上，我看到一张一张飘着白雪的圣诞卡，一封一封飘着火光的信件。其中的语言似乎是世俗的语言，又似乎是超验的语言；这些语言仿佛来自人间，又仿佛来自天上。因为这种语言与我曾经听得烂熟的半真半假的语言是完全不同的，它的每一个字都蕴含着人类社会所以不会毁灭的最平常而且也是最重要的理由。我把“光荣”年代里的一切信件悬搁在大海的那一边，而把这些圣诞卡和信件保存于心中。这是我时时心存感激的根据，这是我能够穿越疯狂的恐惧战胜生命危机和精神危机继续走向光明之路的根据。因为有了这根据，我作出了“顽固”的良知拒绝：拒绝和魔鬼合作，拒绝抛弃人生的意义，拒绝鄙视仁慈、善良和爱，拒绝一切关于价值虚无和意义虚无的学说与童话。

雪国的领悟 <<<<<<<

冬季的瑞典，真是一个名副其实的雪国。雪花滚动着，大地上只有无边的洁白。

这里本来就很安静。下了雪之后，更加安静。我喜欢安静。对于我来说，安静是一种价值，一种权利。

1971年冬天，我曾到过黑龙江省的“北大荒”。那里也是漫天的大雪，也是滚动的雪花。然而，我只顾在雪地上寻找车站、食物和访问的目标，心内骚动不安，无暇欣赏北国风光。虽然脚踩着雪，但离大自然仍然很远。

今天可以从容地欣赏一下大雪。树上的雪，草上的雪，地上的雪，屋脊上与山脊上的雪，都应当好好品赏。小女儿刘莲一边做作业，一边说，爸爸，雪停后你陪我去玩雪人。我立即答应，绝不会想到没有时间。欣赏大雪，享受雪的奇妙，也是生活。我遗忘了这部分生活已经太久，人生变得有点残缺。老是在充满火药味的空气中生长，身上总是留下火药味，应当用雪把它洗净。在这里玩雪，绝不会变得冰冷，在雪国里长大的瑞典人，心肠就很热。

我知道大雪将延续下去，一直绵延到明年的四月间。但我能接受连绵的大雪，而且还会在雪的白色帷幕下，从容地读着自己喜欢读的书，写着自己喜欢写的文字，不会感到雪飘落得太久

经过一次大沧桑之后，我对生命、生活，明白了许多，没有经历过大沧桑，不可能赢得对生命真切的理解。劫难，是一部大书，吞咽劫难之后，我便觉得自己成熟得多，觉得心灵的孤本上又添上应当珍惜的一页。然而瑞典这个国家的知识者绝对不能接受一个观念：成

功一定是苦难所诞生的，成功者必然要承受命运的灾难。他们的国家几个世纪中没有战争也没有政治浩劫，但依然人才辈出。未经灾难，人也可以成熟。可惜，我却没有这种幸运。

然而，在瑞典，我确实从劫难的阴影中超越出来了，宁静的快乐帮助了我，于宁静中，我放下了一种欲望，只是说不清那是一种怎样的欲望。在庞大的故国，名声、地位、权力都富有魅力，它曾经吸引着无数人去追逐，现在还吸引着无数人去追逐。可是，我终于放下了欲望。放下欲望是需要力量的。有力量放下欲望才能享受平静。记得加缪告诉人们，生活幸福的秘诀在于没有野心。放下野心，生活就会赢得自如与从容。

瑞典人早就明白这个道理，这也许与它所处的位置有关。瑞典虽处于地球的边缘，但没有一种欲望使他们为此而感到不满足。相反，他们意识到这样一种位置之后，便没有充当历史主角的欲望。他们对人类社会一点一滴地尽自己的责任，但没有解放全人类的抱负，甚至听不到任何关于“为人类作出伟大贡献”的口号和相应的激昂慷慨。没有充当历史主角的欲望，使瑞典把精力和智慧放在民族的自我调节上。大概因为这样，所以它才赢得如此的安静、从容。瑞典人的话很少，但有智慧，一个善于用脑而不善于用嘴巴的民族，才能赢得持久的安静与平和。

初恋的挽歌 ‹‹‹‹‹‹‹

《红楼梦》是一曲初恋的挽歌。

初恋是人生中最纯洁的部分。人处于初恋之中，一切都会变得明媚、温馨、可爱。天性中一切最美好的部分都会被调动于对象的面前，天空、大地、田野、海洋，都会在初恋的眼睛中变得格外清新、柔和、明亮。

初恋的选择是人的第一印象的选择。瞬间的、直觉的第一印象，是没有被社会所污染的印象。第一印象，可能幼稚、可笑，但它却凝聚着不知算计的天籁天真。初恋总是超势利的。初恋时的人最美。初恋之后的各种成熟的情爱和婚姻，就不那么纯粹了。此时的情感可能已被社会所介入、所污染，社会必定要用偏斜和算盘珠子似的眼睛审视他们，教训他们初恋的无知。

然而，初恋之后能化为成功的婚姻的，并不多。为什么？这是有趣的题目。此刻我只知道被称作“现实”的东西太强大，它常常要战胜人的天性或扭曲人的天性。没有柴米油盐，怎么结婚？连小提琴都买不起，怎么演奏浪漫曲？社会是实际的，它总是拥有充分的理由。而初恋者却太多幻想，没有理由，只是为爱而爱。于是社会的一个很简单的问题就足以摧毁天性中所有的天堂。

贾宝玉少年时代和黛玉、宝钗、晴雯、袭人都包含着初恋。在初恋里，没有贵贱，没有尊卑，在宝玉的眼里，宝钗和晴雯是平等的。认为晴雯是奴婢是下人，不是宝玉而是社会。少年宝玉未被社会所污染，所以，他与晴雯的初恋故事很美很纯。晴雯让他撕扇子，他立即就撕，绝对不会想到扇子的贵重，也不会想到自己的尊贵。晴雯的命令，是天籁的命令。宝玉的心灵，就愿意接受天籁的绝对命令。因为宝玉的心灵本身就蓄满天真天籁。说心有灵犀一点通，这灵犀，就是情感的天籁。天籁的命令，正是发自生命最深处的至真至爱的命令。初恋者总是愿意接受这种命令。

可惜人到成年之后，却往往不能接受天籁的命令，倒是愿意接受另一种命令：金钱和指挥刀的命令，包括女子也愿意接受这种命令。所以贾宝玉仰慕的只是未结婚的清澈如水的少女，而不是所有女子。曹雪芹唱的只是少女的挽歌和少男少女初恋的挽歌，也可以说是天真天籁和没有化作浊泥的原始天性的挽歌。

哭鸳鸯 <<<<<<<

贾母死后，鸳鸯接着也自杀身亡。在哀悼贾母时，贾宝玉伤心痛哭，人们都以为他是为贾母哭，实际上他是为鸳鸯哭。

假如宝玉为贾母哭，那么，这种哭的意蕴仅仅在于孝道，在于对于仁慈的追怀，这种哭自然也是真实的，但这种哭虽有哀伤，却很难说是痛惜。而宝玉的哭鸳鸯，则是一种大痛惜。一种对青春生命突然消失的大痛惜。他的哭，才真正是痛哭。

最不应当死的死了，最不应当毁灭的毁灭了，而最应当留在世间的却不容于世间。这是怎么回事？宝玉想不通。他对生命有一种敏感，知道最可爱的生命一去不会再回来了。他们的声音，他们的笑貌，他们的充满爱意的挖苦与嘲笑，他们对世界充满纯真的批评，都一去不复返了。每一位少女少妇之死，宝玉都大哭，秦可卿死，晴雯死，黛玉死，鸳鸯死，他都大哭，或在脸上哭，或在心里哭。至真至柔至美的生命，就要被葬入黄土，化作尘泥，有什么比这更值得哀伤？祖母的死，也值得悲痛，但她毕竟年老了，到了本该消失的季节了。该消失的时候消失了，这是自然死。而青春生命的毁灭，则是人造的死，他没有力量阻止人造的死亡。他太懦弱。他一定也为自己的懦弱而哀伤。

这几年，老是想到宝玉哭鸳鸯这一情节，心里也总是悄悄为过早消失的年青生命而难过。最美丽的生命也最脆弱，最容易凋残，鸳鸯之死和她之前的林黛玉之死都是证明。而强悍得像狮虎的世界偏又摧残这些易逝的生命。尤其使我难过的是现在连曹雪芹和贾宝玉这种能够痛惜青春生命的心灵也快消失了。世界讴歌和崇奉的是权力、金钱和掌握权力的年老生命，而年青生命之死，人们已不再痛惜。

那一年秋天，在许多年青生命死亡之后，我看到那么多快乐、庆功、慰劳、歌吟，看到政治明星那么舒坦，艺术歌星又那么欢畅，心里真是难过。想到往日的痛惜与今日的痛快，我便在轻歌曼舞中看到尸首，在激昂慷慨中触到冷冰。人间的心肠硬化得真快，我为死者悲哀，也为生者悲哀。

故国一角的焦味 ‹‹‹‹‹‹‹

这一两年，我从劫难的打击中苏醒过来之后，自己竟有一点“返璞归真”的感觉，喜欢说笑，虽然没有小女儿那一片天真的咯咯的笑，但也是衷心的笑。

然而，有一件事还总是在心里隐隐作痛。在1989年夏天辞别家园后的那些烽烟弥漫的日子，我的大女儿剑梅，觉得大难来临，历史肯定又要“复制”往昔的荒唐游戏，重演“抄家”的悲喜剧。因此，她一反懦弱的女儿性，决然把许多朋友给我的信件都烧了。烧了整整一天，连她自己也差点被烟雾熏倒。

女儿的举动是善意的，她怕信件会株连朋友，怕文字会带来更沉重的不幸，尽管朋友的文字那么干净。剑梅是“文化大革命”的第二年诞生的，但历史的劫难仍然深深地铸在她的心里，使她从小就懂得警惕人间的残暴。

善意的举动是不能责怪的，但我心疼。许多事心疼一阵就过去了，只有这些信件使我心疼了很久，常常疼入梦境。现在一想起故国，就想起这些信件，觉得这些信件正是故国的一部分。故国是具体的，具体到母亲额头上的每一道皱纹，家乡山林里的每一声鹧鸪啼，也具体到信中的每一行文字，每一个标点。然而，信被烧毁了，故国的一角被火吞没了。我之所以心疼，多半也是想到自己，觉得这些信件是自己生命的延伸，每一封信都与自己相关，都证明生命曾经温馨过，癫狂过，荒谬过，真实存在过。朋友的信件可以为我作证，证明我曾是蹦蹦跳跳的生命，也与蹦蹦跳跳的生命相关。

那位精彩地扮演过孙悟空的演员六小龄童，曾以活泼的演出感染过亿万生命，他就曾写信给我，说他喜欢我的文字。这证明我的文字与活泼可爱的血肉之间没有沟壑。又有一位朋友批评我的生命过于沉重，许多灵魂的活水都被吸进神圣的黑洞。然而这些信全被烧了，就像烧自己的肉，肉连着神经，所以觉得疼。

烧毁的已难以挽回，信件已成了灰烬。灰烬堆积在心里，至今还常常闻到灰烬的焦味。这是故国一角的焦味，也是我生命一角的焦味。虽远隔重洋，但我还是闻到焦味。正是这种焦味，使得我不得不写下一段书信的挽歌。

夜半钟声 ‹‹‹‹‹‹

我已讴歌过好几回幽深的夜晚了。今晚，我听到科罗拉多大学子夜的钟声时，突然又有讴歌的冲动。

我真喜欢深夜，喜欢人们都进入睡眠之后的深夜。最美的时光大约是午夜的一两点钟。此时，我有一种绝对的安宁感。既没有恨的打扰，也没有爱的打扰。妻子和女儿都在安睡，她们不会来关怀我。在思索时，不仅害怕喧嚣，也害怕关怀，恨与爱都会打断我的心理节奏。

我在深夜里，享受着人类祖先创造的文字，有如巴尔扎克笔下的那位吝啬鬼葛朗台品赏私藏的黄金。吝啬鬼对世界是不信任的，他害怕人们的嫉妒和抢劫，只有在深夜里，他才放心地打开箱子。独自享受宝物是需要安宁感的，享受时间与文字也是如此。

我对世界也是不信任的。因为我经历的白天，大部分都是喧哗与骚动，甚至还有残酷的厮杀。尤其是在六七十年代的故国，从早到晚总是提心吊胆。只有到了深夜一两点钟时，才能放下心来。这个时候，没有危险，没有人检查你是不是在读马列。这个时候，即使是最革命的政治运动积极分子，也睡着了。人类真没出息，再积极，眼皮也会沉重。没有危险感，即使读非马列的书也没有危险，这对于一个中国知识者，是多么幸福呀。然而，唯有在深夜里才拥有这种幸福。幸福，总是深藏在漆黑的宁静里。

在六七十年代，我真害怕天亮。天亮之后就是紧张的战斗，“早请示”后就进入阶级斗争战场，然后就是一天命运的颠簸。那时候的白天，我看到的是密密集集的咆哮、呼喊、批判、检举、揭发，是密密集集的残暴、虚伪、冷酷，那时，我真恨白天。

大约是对于白天的恐惧已进入我的血脉，所以到了海外仍然心有余悸，仍然不信任白天。事实上，这不仅是心有余悸，而且还看到异国的白天也有许多冷酷，许多肮脏，许多沿街讨乞的穷人，我不喜欢看到这些。这里尽管没有阶级恶斗，但也缺少同类关怀。在阳光曝晒的夏日的中午，我看到满街的冷漠。只有在深夜里，我才能忘记这些冷漠而进入我的世界。所以，我至今还只信任深夜。

难过 <<<<<<<

在漫长的冬季里，瑞典到处是烛光。瑞典的蜡烛不流泪。我的屋里也有不流泪的光明。

蜡烛虽不流泪，而我却常独自难过。如果在三四年前，我一定要回避“难过”二字，因为朋友们一定会以为我在为漂流而难过。但是，今天，我笔下却只有“难过”二字。

有一天夜里，在灯影的摇曳中，我心里感到一种莫名的难过，便随意翻着顾颉刚先生的论文集，竟发现他也用“难过”二字，而且“难过”的事正好和我相通。他说，回想过去，想到自己做了一些完全不适合于自己做的事，浪费了太宝贵的时间，感到分外难过。这种最寻常的反省却使我激动不已，他的心绪更加剧了我的心绪。我难过的正是因为丢失了时间。那么多身体健壮而思想活泼的日子，被用在最无意义的名为革命实为互相厮杀的政治运动中，在自己最不情愿做的事情上恰恰消耗了最值得珍惜的岁月。不必说在“文化大革命”中，即使前几年，当了研究所所长，不知白白地丢失了多少难再的时光。为了履行所长职务，还要去讲自己不愿意讲的话，写不愿意写的报告，报告完了还有那么多无休止的纠缠，时间流逝了，逝者永远不再回来，但没有人为我惋惜，只能自己难过。烛光下，想到往昔的日子让人掌握得那么久，生命失落了那么多，竟怜悯起自己来。

除了为失落时间而难过之外，就是为失落了朋友而难过。无论在北京还是在外地，我都有心灵相通的朋友。这些朋友并不多，但很宝贵。我不能用文字来描述，因为能够作深广的精神交流的朋友，是永远无法说清的。如果能说得清，也许就不是思想深处的朋友。到了海外之后，天长地远，各守一方，这才意识到远离这些朋友是多大的损失和多大的不幸。生活的残酷，需要朋友的帮助；天性的懦弱，需要朋友的慰藉；思索的心得，需要朋友的切磋。然而朋友却在遥迢的远方。什么时候能再看到这些朋友呢？什么时候能在故土上共此烛光呢？重逢时我们的双鬓是不是全都花白了呢？是不是会在烛光下彼此感到陌生呢？想到这里，不免“念天地之悠悠，独怆然而涕下”。此时此刻，我更喜欢会落泪的蜡烛。

朋友活着还好，倘若朋友死了，像时间一样流逝之后，永无归程，那更是致命的难过。施光南的死，就是给我这样的打击。我已难过得很久了，而且还将难过很久很久。我知道，这是永远无法抹掉的忧伤，直到我在地底和他见面的那一天，我还会难过。

不落泪的蜡烛安静地发着亮光，时间，空间，生者，死者，故园，故友，都在亮光中闪动。夜半之中，我常对着闪动的灯光徘徊：应当点着蜡烛回想？还是应当吹灭蜡烛睡下？每想到此，总是自己激励自己，快吹灭它吧，什么事都遗忘掉的好。

流浪 <<<<<<

在德国的莱茵河畔第一次看到流浪的吉普赛人。看到她们在河边轻歌曼舞，手臂上的铜铃发出有节奏的响声，又看到她们拖着长裙徐徐地在草地的长桌边坐下，然后又清楚地看到漂亮的女郎们把手小心翼翼地伸进自己的胸脯，掏出一两个马克，准备买点咖啡和小糕点。最后这个动作使我吃了一惊。她们把钱那么珍重地放在胸脯内，不知道是夹在乳罩里，还是直接夹在低垂的乳房之下。她们的钱可能是偷来的，但为了防范比她们更穷的小偷，竟谨慎得如此出奇。

对着吉普赛人，我想到另一个流浪的民族，曾经让希特勒感到恐惧而企图加以消灭的犹太人。犹太民族是一个富有的流浪群，而吉普赛人则是贫穷的流浪群。我在许多国家中都看到犹太人，但没有看到过太穷的犹太人。现在，犹太人在地中海东岸建立了自己的国家，但许多人仍然不停地在地球上漂流。他们本没有祖国，宗教就是他们的祖国。

为什么犹太民族在艰辛的环境中流浪还能建设自己的家国家园，而且生活得很好，我想，这与他们的流浪和流浪中形成的哲学有关。流浪，就是永远不停顿，就是没有一个终极的目的地。在不停顿的流浪中寻找，就不断地向自己和向世界提出问题。没有终极之地，没有问题的终极答案，就不会满足，就能保持和发展自己的生命力。犹太民族是一个非常善于思考、非常善于提出问题的民族。这一点，我在阅读犹太民族的著作时以及和犹太学者的直接接触中都强烈地感到，更不必说从马克思和爱因斯坦身上得到的启迪。

不满足现成的答案，不断向历史发出伟大的提问，这是一个民族具有生命力的证明。儿童最喜欢提出问题，因为处于儿童时代的人充满生命。但是，处于中年甚至老年，如果仍然充满提出问题的欲望，生命就不会苍老。与此道理相似，一个民族如果只会沿用祖先的结论，或者只会充当惯性思维的俘虏，在人类生存困境中失去好奇的眼睛和提出质疑的热情，那么，这种民族的生命就会衰败。

我想，吉普赛人在流浪中只是流浪，只是在谋求温饱，缺少犹太民族那种信仰与哲学。我因为也是一个流浪汉，常从犹太学者与犹太民族的奔走足迹中感悟到人类漂泊的意义，而且常激起叩问世界的生命冲动。此时，我又感悟自己没有终极目的地，但知道路还很远。不断跋涉，才是自己的美学与宿命。

鲛人 ‹‹‹‹‹‹

穿过险恶的沧浪而踏上西方大陆之后，也许是为了自勉，常想起鲛人。

鲛人是中国传说中的美人鱼。我两次到哥本哈根，都去拜访波罗的海海边的美人鱼雕像，对着她想安徒生的故事，想仍在中国的友人，想自己，觉得自己也像从海中漂上来的孤独的生命。美人鱼坐落在孤寂的岩石上，坐落在大海与陆地之间，人与神之间，现实与童话之间。她深深地爱着那位生活在另一世界上的王子，为了他的生命，她最后宁肯把自己化作泡沫。这泡沫其实正是她的眼泪和海的眼泪。

中国的美人鱼为了报答人间爱，不是把自己化作泡沫，而是把自己的眼泪化作珍珠。《太平御览》引张华《博物志》：“鲛人从水出……泣而成珠满盘。”张华所记的故事过于简短。我所作的解读，是美人鱼投身人间并找到心爱的人，但终于无法打破人与自然的界限，在别离的那一瞬间，她痛哭一场，全部眼泪顿时化作满盘珠子。中国的美人鱼也是极为寂寞的，在水世界与陆世界中都找不到寄寓之所。因此，她只能空怀满腹生命的珍珠。

眼泪化作满盘珠子，这是中国美人鱼的悲剧。每次想起这个意象和悲剧，就想起林黛玉。她虽不是美人鱼，但她从江南乘船而到贾府，也可以视为从水中漂来。出现之后，眼泪便涌流不止，并且全部化作诗稿。她的诗，篇篇不同凡响，正是情感的珍珠。可惜污浊的人间不能接受她的满盘珠子。最后她满怀悲伤，在死前把这些珠子烧成灰烬，有如丹麦的美人鱼把眼泪化为泡沫。聂绀弩在题林黛玉的知己“紫娟”时写道，“爱海珠荒全是泪”，写的正是黛玉、紫娟的悲剧，也是许多屈原式的诗人的悲剧。陆游怀念妻子的诗句云：“春如旧，人空瘦，泪痕红浥鲛绡透。”也把妻子比作泪满鲛绡的鲛人。真诚的诗人所作的诗即使不是眼泪化作的珠子，至少也是用生命的丝线织成的鲛绡。

我不愿意高喊“血不能白流”的口号，但常想到“泪不应白流”的故事。觉得应当学鲛人把眼泪全化作满盘珠子，好好地留下一些文字。但也常常怀疑，留下的文字真的就是珠子、真的就是不朽吗？怀疑中倒想到，珍珠其实还不如泡沫不如灰烬，生命为爱能化为泡沫与灰烬的，毕竟伟大，这是任何人间的珍奇至宝难以比拟的。林黛玉自焚诗稿，把“满盘珠子”化作灰烬，这灰烬才真的如同丹麦美人鱼的泡沫，是为爱而付出生命的千古绝唱，它比文字更美，比珍珠更奇。

阳光，阳光真好 <<<<<<

在冬日的阳光下，我读着书，翻阅着遥远的过去，听着柏拉图的对话，想着苏格拉底的命运，突然，我把书放下，凝视着投射在草地上的阳光。

阳光，阳光真好。有阳光，生命就不会失败。苏格拉底并没有死，在我的思索世界里，他的骨骼和思想都很坚硬。两千年前的无知专制者把他送进牢狱然后把他处死时，一定想到，从此，苏格拉底的名字连同他的“善出于知”的命题将永远被埋入地下，永远消失在黑暗中，然而，两千又三百九十九年过去了（苏死于公元前399年）苏格拉底还活在阳光中。就在我的手上，阳光照着书页，照着苏格拉底的名字。阳光下，凡有文字的地方，都有他的名字，他的名字被不同民族发出不同的古怪的声音。

伟大的哲人永远不会死亡，也永远不怕各种罪名。苏格拉底的弟子柏拉图的理念，在我的故国变成“反动唯心论”和“奴隶主地主资产阶级唯心论”，然而，把思想送上审判台的人，一个一个都比审判台低矮。阳光总是先照临绞刑架上“罪犯”的圣洁，然后才照出审判者的渺小。柏拉图并非终极真理的拥有者，可是他拥有学人的正直。对于真理的追求者，是不应当污辱的，更不能给他戴着魔鬼的高帽。当我的处于革命狂热中的同胞用肮脏的水往伟人哲人们身上撒泼时，我感到难过。我并不否定接受柏拉图的理想国，但我尊重它，此时，我看见阳光也照着柏拉图的名字和他的梦中共和国。他的理想国缺陷，只能用阳光去照明，不能用脏水去否定。

一切思想者的思想都是在阳光中展开的，他们注定光明磊落，注定必须向社会公开他们的思维。因为他们的思索本身常常怀疑过去和现存的一切，因此，他们本身也会引起怀疑，争辩是不可避免的。但是，争辩也应当是在阳光下进行。专制者的错误就在于他们禁止阳光，总是怂恿黑暗的动物以暴力来阻挡思想者思想，抵制思想在阳光下传播。但是，这些暴力总是像空中的风暴，只能一时地遮住阳光，用不了多少时间，太阳照样会从大地升起，光明照样会降临在高山、海洋和原野。阳光是无敌的，在阳光下正直思索着的哲学家是无敌的。暴力可以使思想家痛苦，但不能把他们征服。想到古希腊，想到今天，我没有再拿起书本，而是拿起笔，又继续写着自己的手记。身边有阳光，有空气，我的文字就会像植物似的蓬勃生长。

阳光，阳光真好。

永远的微笑 ‹‹‹‹‹‹‹

多次观赏罗浮宫之后，生命中便积淀下蒙娜丽莎的微笑。

每次走到达•芬奇这一天才创造物之前，情感总是翻卷不息。审美是需要距离的，不要投入太多情感，我告诫自己。于是，我才在距离《蒙娜丽莎》二三米远的地方转圈，冷静领略她的美。都从左侧开始，然后一步一步地移向右侧，每移动一步，都获得一个新的视角。从左到右，在移动的弧形内，不管从哪一个视角望去，都可以看到蒙娜丽莎的微笑，但在不同的视角下，又可看到她的不同的笑意与笑影。我观赏过许多画册，但未曾见到一幅从各个侧面看去都笑得这么温柔的。当我第一次发现这一永恒的、绝对的微笑时，心被美紧紧抓住，并立即就想起天才的字眼和沸腾起对伟人艺术创造者的一种衷心的敬意。艺术家也是人，但他们的天才竟然可以创造出这种永恒的绝对的微笑，让东方和西方的眼睛都为之倾倒的至真至柔至善至美。

这种美是如此具有吸引力。她不仅把地球上最遥远的眼睛吸引到面前，而且让我觉得，这微笑，就是我心灵的归宿和情感的故乡。我的故乡在遥远的沧海的彼岸，也在这座艺术星空的长廊里。我的故乡肯定不是机枪与指挥刀，而是这永远不会凋零的微笑。唯有这微笑，使我感受到家园的全部温馨。

至今，我已经六进罗浮宫了。除了蒙娜丽莎的微笑紧贴我的心灵之外，还有从古希腊时期到二十世纪下半叶的艺术精华也紧贴着我的生命。这种艺术与生命的紧贴，使我感悟到比任何道德的教科书所赋予我的力量还要强大得多的艺术。我的精神每次都在那里得到升华。在那些无比灿烂的美之前，在人类天才创造的空气与境界中，我从内心的深处了解，人应当舍弃什么，追求什么，而人生旅途中的一些挫折真的算不了什么。真正的美，离人间的势利、算计和小卖弄小聪明那么远，远到不能不使人相信真有一种超验的力量在支持着真，支持着善，支持着蒙娜丽莎永远神秘的微笑，支持着人类共同的故乡。

占有孤独 ‹‹‹‹‹‹‹

夏日的傍晚真是迷人。踏着草间逶迤的小路，我独自散步到无名的湖边。湖边很静，湖面上是紫色的波光。往日喜欢妻子陪着，最近则更爱独往独来了。唯有独自散步时，才能从容地享受夏日黄昏的美，也才能往深处沉思。我的思想似乎一半产生于头脑，一半则产生于散步时的脚底。托尔斯泰晚年的脾气很怪，他说他什么人也不愿意接触，只愿意独自和上帝相处。我是无神论者，比他还孤独。然而，我知道，唯有孤独才有生命的精致。深邃的精神世界，只有孤独者才能踏进。

六年前刚出国的时候，我害怕孤独，几乎被孤独所击倒。那时，我不得不用全副心力与孤独搏斗。然而，也正是那个时候，我远离了生命被割切成碎片的时代，赢得灵魂的完整。带着完整的灵魂，我开始一步步走进生命的深层，在那里重新开辟人生。六年过去了，此时心境完全变了，我不但不怕孤独，而且很爱孤独，为占有孤独而骄傲。世上很少人有这样的幸运，他们很热闹，很忙，必须为生存而奔波，为荣誉和地位而在泥泞中扭打，没有时间坐下来独自思索。而我，拥有孤独，拥有完整的生命和沉浸的状态。没有一种力量能扰乱我的身体的脚步和灵魂的脚步。

我真高兴，在人们忙着占有权力与财富时，我却占有孤独。

哪里更真实 ‹‹‹‹‹‹‹

今天收到年轻朋友小双的来信，她在西方世界里生活好些年，最近又回到了中国。在西方还没扎下根，回到故园又不习惯，来回往返了几趟，竟不知东方与西方这两个世界，哪一个对她更真实。

我也常有这种感觉，不知道自己生活在东方还是在西方才更真实。在中国，有时感到自己是完全真实的，生命和故土贴得紧紧，肩膀和父兄一起承受苦难和责任。但又常感到不真实。政治斗争像循环不已的惊涛骇浪，一会儿把人抛入空中，一会儿把人推入水底，环境太险恶，不能用本真的心灵生活，只能用一副面孔对待朋友，而用另一副面孔对付政治，这种生活怎么谈得上真实呢？在六七十年代，文学作品中的人物都是戴假面具的英雄，而现实中的人物，又何尝不戴假面具？八十年代，有人在呼吁说真话，是因为假话太多，生活太不真实。但在西方世界，我也常感到彷徨。远离故土，自己内在情感所维系和热爱的一切，分明在沧海的那一边。长江与黄河，每一滴水和每一颗沙粒，对于我都是真实的。在密西西比河河畔沉思的时候，总要想起长江的惊涛与黄河的浊浪，觉得长江与黄河对于我更加真实。然而又常常觉得在这片陌生的土地上也是真实的。我感到自由，可以说一切自己愿意说的话，可以读各种书刊和看各种电影，从最圣洁的宗教经书一直到最鄙俗的性爱杂志，我可以让自己的思想自由驰骋，绝没有专制者投下的阴影。精神雷达和精神警察都离我很远，他们绝对不会来敲知识者的门。

我至今不知道生活在哪一个世界里更加真实，然而，已慢慢悟到一点：一个人重要的不是身在哪里，而是心在哪里。倘若把心放在政治追逐和金钱角逐场上，那么即使他身在故土中，生命也未必真实。对于我，一个酷爱思索的思想者，如果思想被堵塞，即使生活在故乡的榕树下，生命也不会真实。而今天我虽身在异乡，但我真实地思念故国。有时间与空间的距离，思念更加真实。而且，我可以自由地思想，可以把心放在酷爱的文学上。心灵放在自己所喜爱的事业上，就是存放在最实处。在过去的几十年，强大的政治总是要把我的心从真实的世界中拉开，从我心爱的境界中拉开，使我常常身心分裂，“常恨此身非我有”，而此时，我的心存放在最实处，存放在我的真实的文字里。我知道，无论东方还是西方，外部世界都太多虚假，但我可以不生活在虚假之中，我的心灵可以作出选择，无论我身在何方。

走出去 <<<<<<<

这几年在海外，有一个进步就是喜欢到处走走。走过许多国家和地区，还想再走，而且常劝别的朋友也要多出去走走，只要走出去，就有意义。世界还是要自己去寻找，自己去发现。

我不善于写纪实性的游记，难以说清去过的地方的美，但我常常告诉朋友：很奇怪，只要走，只要朝着一切陌生的地方走去，就会觉得自己在一步步接近生命的目标，一步步地接近精神的家园。杜甫说，读万卷书，行万里路。他看到，行万里路不是浪费时光，而是一步步接近目标。

目标是什么？精神的家园在哪里？虽难以作出满意的答案，但我知道，那个遥远的目标比此时此刻更丰富，那个家园比生命更长久。不断走走，其意义正是与生命相关，双脚一停滞，生命就容易枯萎。保持生命得靠双脚，人毕竟是双脚动物。双脚把你带到陌生的地方，那些地方不仅会呼唤你生命的激情，而且会帮你打开眼界。人最要紧的还是眼界。眼界拓展了，才知道世界有多大，自己有多小。

在荷兰时，朋友告诉我，荷兰其实是很小的国家，其面积和台湾相当，其人口比台湾还少，但是，荷兰人却没有小国心态，他们常说，我们面前是广阔的大西洋，背后是雄伟的阿尔卑斯山，生活的空间无边无际。听了这话，我突然感到眼界开阔。人需要这样的眼界，所以他们可以在很小的国土上建设像鹿特丹、阿姆斯特丹这样的世界巨港。我在鹿特丹对着群山似的巨轮仰望很久。乘着巨轮遨游世界的荷兰海员，一定永远不会感到故国的狭小。

眼界一放宽，心胸也会跟着辽阔起来。诗歌中常讲究通感，即认为视觉、触觉、嗅觉、味觉可以彼此打通或交通。这种感觉的移动现象，在眼界拓展时也同样发生。眼界一旦扩大，心界、胸界、境界也会跟着扩大，面对世界的感觉也会全然不同。这才想到，鹰和鸡所感觉的世界确实很不一样，鸡只看到脚下的世界，而鹰则看到天空、大海、群山。鹰的觅食虽然艰难，但它的生命境界毕竟是鸡难以比拟的。鹰和鸡的差别，除了翅膀之外，应是眼界的差别。

这一两年来，我更是有点特别，总是用感激的心情观赏着每一座城市，每一条大街。感谢人类用他们的双手缔造雄奇的教堂、高楼、校园、体育场、博物馆和艺术馆。即使在一座普通的小阁楼前，我也怀着敬意。走得愈远，看得愈多，便愈觉得没有理由贬低人类，也没有理由远离人类。当我走过那些曾经被洪水、地震、战争破坏成废墟然后又重新站立起来的大建筑时，更是充满感激。人类毕竟是值得骄傲的。任何暴力都无法摧毁他们创造美的天性。大自然与社会的狂风巨浪扫除过人类建筑的城市，但是，永远无法折断人类创造世界的伟大头颅与双手。

欧美大城市中最吸引人的是各种博物馆，尤其是艺术博物馆。每到一个城市，我一定要去瞻仰博物馆中那些光芒万丈的大艺术。因为见到想到这些大艺术，所以我永远记住应当谦卑。除了从心底感激天才的艺术家之外，我还深深地感谢那些保护艺术和为天才建造博物馆的人们。感谢他们的眼光和辛勤，感谢他们保卫住人类共同的心灵家园。

这几年来，我游览了许多国家。然而，走过那么多地方之后才发现自己还有那么多地方没有到过。说这个世界很小是对的，说这个世界很大也是对的；说这个世界很脏是对的，说这个世界很美也是很对的。我知道人类中有一部分人在不断地弄脏世界，但我不会因为他们而失去对世界的爱和依恋，因为毕竟有更多的人正在把世界雕塑得愈来愈美，每一天，广阔的地平面上都有很新的高楼耸起，它的每一块砖石也在垒积着我对于人类的信念。前不久，纽约的一位朋友来电话说，读了你的《远游岁月》，知道你穿越过那样的黑暗之后仍然没有失去对人类的信念。我说，是的，我每经过一个美丽的城市，都增加一分这样的信念。每座城市都是人类辛苦的积淀，没有一座城市像海市蜃楼那样突然显现。每一座城市，都首先积满了汗水，然后才积淀了美。人类固然是有缺陷的存在，然而，这些积淀又证明，他们是伟大的存在。

我已走过许多地方了，还想继续走。仿佛走就是目的，并不特别再想寻找什么。

刹那生命 ‹‹‹‹‹‹‹

说起《红楼梦》，我就想到人生只是瞬间。这部巨著给予我的哲学启迪，就是生命的瞬间感：生命只是一刹那。

生命只是瞬间，尤其是很美的生命，更是瞬间。至情至性的少女，在前一瞬间，还那么活泼、美丽、动人，如大地绝唱。而后一瞬间，却消失于寂寞的死亡中，如泥土沙石，谁也无法挽回。

人生总有一了，而且很快就了。没有不散的筵席，也没有永存的美貌。一切绚丽的颜色终究都要归于空无，所有闪光的金子终究要化作轻烟。人们所期待的永恒永在，只存在于“警幻仙境”的超验世界中。而在现实的世界里，人生旅程最后一个点都是坟。坟墓平等地等待着每一个人。

读了海德格尔的《存在与时间》，我总是激动不已，因为他告诉我，人既然必定要死，所以生时要勇于冲锋进击。人的存在时间很短，这是铁铸的事实，现代科学把生命尽可能地拉长，但仍然很短。既然死亡已经确定，那就不必怕死，应当勇敢地创造生的意义。曹雪芹的生命瞬间感与海德格尔的生死观一样影响着我。我一直以感激的心情面对曹雪芹，他的天才带给我这么多高贵的忧伤，这么多可爱的灵魂，还给我意识到生命只是个瞬间。

因为意识到这一点，我便产生一种信念，既然生命只是瞬间，所以就要活得真实。想计较就不再计较了，本是放不下的就放下了，汲汲于金钱与名位追求的生命注定要失败，为瞬间的虚名，为一顶桂冠和一些蝇头小利而用尽权术心术，卖掉自己的肝胆与魂魄，无论如何是不值得的。

活得真实，自然就不再欺骗自己。那些期待“万岁”的人，尽管聪明，但也要欺骗自己，让幻象来模糊自己，我曾为一个人欢呼过万岁，但他使我绝望，当他死去之后，我发现他什么也没有带走。人死时是什么也带不走的，他活着的是瞬间，拥有的也只是瞬间。他欺骗过别人，也欺骗过自己，在人们向他欢呼万岁的时候，他不敢向人们说：人生只是一刹那。

童心百说 <<<<<<<

——关于童心的一百则自语笔记

1

对着稿纸，我于朦胧中觉得自己抒写的并非文字，一格一格只是生命。钱穆先生把生命分解为身生命与心生命，我抒写的正是幸存而再生的心生命。心生命的年龄可能很长，苏格拉底与荷马早就死了，但他们的心生命显然还在我的血脉里跳动着。此时许多魁梧的身躯还在行走还在追逐，但心生命早已死了。都说灵魂比躯壳长久，可他们的躯壳还在灵魂却已经死亡。不是死在老年时代，而是死在青年时代。心灵的夭亡肉眼看不见。我分明感到自己的心生命还在。还在的明证是孩提时代的脾气还在，那一双在田野与草圃寻找青蛙与蜻蜓的好奇的眼睛还在。不错，眼睛并未苍老，直愣愣、滴溜溜地望着天空与大地，什么都想看看，什么都想知道，看了之后，该说就说，该笑就笑，该骂就骂，一声声依旧像故乡林间的蝉鸣。无论是春的蝉鸣还是秋的蝉鸣全是天籁。

2

我真幸运，和明代的异端思想家李卓吾竟是同乡。他走过的许多开满野蔷薇与映山红的乡间小路我都熟悉都感到格外亲切。他在流浪中飘落散失的基因说不定有几粒潜入我的血液。要不我怎么会那么喜欢曹雪芹笔下那些自我放逐的“槛外人”？七十年代，当我穷得“囊无一钱守”的时候，还是买下他的《焚书》与《藏书》。他的《童心说》成了我人生的一部伟大的启示录。因为读他的书，我才发现我的家乡有一颗太阳般的迸射着思想的灵魂。这颗灵魂的名字就叫李卓吾。从少年时代到今天，我在冥冥之中一直听到他从万物之母的怀中发出的呼唤：同乡兄弟，我的童心说献给我的同一代人也献给你的同一代人，特别是要献给你。你的生命快要被堆积如山的教条窒息了，你的天真快要被浓妆艳抹的语言埋葬了。你正在被概念所裹胁，正在迈向布满死魂灵的国度。救救你的天真，救救你的天籁！往回走，返回你的童心，返回你的质朴，返回清溪与嫩柳滋润的你的摇篮。你是无神论者，云中的天国不是你的归宿，但地上的天国属于你。地上的天国就是你的天籁世界，童心就是这天国的图腾。

3

准确无误，我听到伟大同乡的呼唤，如同天乐般清晰而响亮的野性呼唤：努力做一个人，努力成为你自己。家乡的思想家在黑暗的年代里像高举星辰似的高举过人类的本真本然之心。温柔的、亮晶晶的心灵把拥有百万大军的庞大帝国吓坏了。帝国的监狱在京城的郊区堵住他的嘴，困死了他的生命，妄图一举消灭他的熊熊燃烧的思想。然而，帝国失败了。当帝国溃灭的时候，我老乡的学说却跨越时间的边界走进曹雪芹的眼睛，还走到今天，一直走到我的笔下。

4

让我礼赞你，《焚书》与《藏书》的作者，英勇的老乡，童心说的第一小提琴手。你孜孜求真，厌恶“假人”和假人的把戏。假人胸中只有本能的心脏，没有本真的心灵。假人有声，但不是心声，而是肉声。道学太沉重，对人的要求太多，太多而做不到，就伪装，就作假，就言假言，事假事，文假文。你发现王朝中有个假人国，你的童心对着假人国跳着、笑着、骂着，文字摆开堂堂之阵，正正之旗，旗帜站立着飘拂着，哗啦啦在高空天宇中响动着，响了将近五百年。

堂堂正正。心中无邪，身外无求，形上无垢。顶天立地向着假人国挑战：谁敢邀堂堂而击正正？何等气派！童心就是力量。童心是比权力帝国更有力量的力量。

5

回归童心，你启迪我两个向度：一是回到从母腹中诞生下来的那一刻，回到刚降临人间时那一脉黎明似的柔和的目光；二是回到故国文化的精神家乡，回到《山海经》那一片蓝苍苍与绿茫茫，还有苍苍茫茫所负载的最本真、最本然的故事。

我的形而上假设，不在天上，而在地上：在第一次张开的婴儿眼睛之中，在母亲赋予的原始混沌之中，在女娲、精卫、夸父等英雄的大气与呆气之中。修炼修炼，不是修向成熟，而是修向鸿蒙时代的勇敢与傻乎乎，知其不可为而为之。

6

诗正在被权力所凌辱，被道学所歪曲，被金钱所欺压，被语言所遮蔽。

文学正在失去真思真想真情真性，诗就要死了。面对文学的枯竭，诞生于家乡的异端思想家大声疾呼：回归童心！胸中有如许无状可怪之事，不妨痛痛快快地叙述；喉间有如许欲吐而不敢吐之物，不妨痛痛快快地倾吐；口头有许多欲语而莫可以告语之处，不妨痛痛快快地说出。发狂大叫，流涕恸哭，向人世掷出响当当的真言真语真话。并非句句是真理，但句句发自热腾腾的内心。

7

秘鲁作家胡安•拉蒙•里维罗（1929年～ ）如此表述：作家不可能成熟，他们应当永远追随孩子。“岁月使我们离开了童年，却没有硬把我们推向成熟。……说孩子们模仿成年人的游戏，是不真实的：是成年在世界范围内抄袭、重复、发展孩子们的游戏。”（引自《世界散文随笔精品文库•拉美卷》第221页，中国社会科学出版社，1993）我喜欢这句话，是因为我知道自己过去的所作所为和今后可能的所作所为，全是人生的初稿。初稿而已，一切都不成熟。我害怕成熟的圆滑，成熟的虚伪，成熟的世故，成熟的“瞒和骗”。

8

到处寻找天才，却常常忘记身边有一群天才，这就是孩子。“孩子是未被承认的天才”，俄国的诗人沃罗申（1877～1932年）早就这样说。他在1903年写的一首无题诗常让我吟诵：让我们像孩子那样逛逛世界/我们将爱上池藻的轻歌/还有以往世纪的浓烈/和刺鼻的知识的汁液/梦幻的神秘的吼叫/把当今的繁荣遮盖/在平庸的灰暗的人群中间/孩子是未被承认的天才。（引自《俄国现代派诗选》，郑体武译）孩子是天才，天才又都是孩子。“圣人皆孩儿”，天才更是皆孩儿。不错，天才是永远不知世故和拒绝世故的孩子。孩子的眼睛不被权力所遮蔽，也不被功名、财富所遮蔽，一眼就能看穿人间厚重的假面，所以是天才。

9

鲁迅说王国维老实得像条火腿。20世纪初期的先知型天才，却像个傻子。王国维说，诗人乃是赤子。

他自己正是个赤子，正是个婴儿。他投进昆明湖，不是被历史所抛弃，而是把历史从自己的生命抛掷出去。婴儿最傻，但感觉最灵敏。

10

上一个世纪之交的俄国诗人尼古拉•马克西莫维奇•明斯基（1855～1937年）用他的诗表达了一种人生感受：给予辛劳不已的人生以安慰的，不是来自哲人的著作，不是来自诗人甜蜜的杜撰，不是来自战士的赫赫功勋，也不是来自禁欲者的苦苦修炼，而是来自美好生命的回归，“心灵完成了一个伟大的循环/看，我又回到童年的梦幻。”（引自《俄国现代派诗选》，郑体武译）在诗人生命的循环链中，晚年不是落入衰朽，而是与朝日般的童年重新相逢。在《远游岁月》中，我写了“二度童年”，感受到的是，人可以有数度童年，可以有多次诞生。每一次诞生都会给生命带来新的黎明与朝霞，新的生命广度与厚度。每一次内心的裂变都给人带来两种方向，一种是走向衰老，一种是走向年轻。能够走向童年，是幸福的人。在裂变中扬弃过去，告别主体中的黑暗，及时地推出一个再生的内宇宙。

11

人的最后一次诞生与死亡相接。然而，如果最后一次诞生是回归童年，那么，它首先是与儿时的摇篮相接。许多死者在临终前看到儿时那个赤条条的自己，遥远的过去的自己，而那正是诗人的未来。一个在世俗势力包围中的诗人，他所向往的未来，正是过去，正是幼年时代那个未被世俗灰尘所污染的生命的黎明。

12

流亡到美国的俄罗斯诗人布罗茨基说：诗天然与帝国对立。人类的童心也天然与帝国对立，尤其是与强大而不诚实的帝国对立。帝国的基石是权势与权术。人间最无诗意的也正是权势与权术。古罗马帝国和希特勒的第三帝国，还有斯大林的革命大帝国，都已成了废墟，但诗还在，人类的童心还在。诗与童心在人类行进史上至少已凯旋了三回。当第三大帝国进入墓地的时候，诗与童心却依旧在大陆与大洋中吞吐着黎明。天下之至柔与天下之至坚的较量永远不会停止，但胜利总是属于至柔者，因为人类毕竟是热爱诗意的栖居。

13

把呼唤生命之真的童心说视为异端，那是帝国的界定。知识的背后常常是权力。被视为异端的未必是邪说。所以我要像茨威格那样呼吁：给异端以权利。哪怕你不同意异端的内涵，也该保卫异端的权利。灵魂的主权神圣不可侵犯。我常念着俄国思想者赞米亚亭的话：异端是人类思想之熵唯一的救药。尽管这药是苦涩的，但它对人类的健康是必须的。尤其是对于灵魂的健康。如果没有异端，也应当创造出异端。然而，权势者总是砍杀异端，连我的伟大同乡李卓吾也给扼杀了。

14

童心并不只属于童年。形而上意义的童心属于一切年龄。我喜欢老顽童，他们至死还布满着生命的原始气息。歌德到八十岁还热烈地爱恋着。诗人的生命永远处于恋爱中，永远处于追求中。没有恋情不会有诗情。广义的诗歌都是恋歌，包括对山川土地蓝天的眷念。道德家们只会对着歌德摇头。摇动的眼睛看不见白发覆盖下那些活泼的精灵。诗人最可引以为自豪的，便是他永远是个沙滩上拾贝壳的孩子，到老也带着好奇的眼睛去寻找海的故事。痴痴地寻找着，以至忘了世俗世界的逻辑与秩序。

15

常常想起《末代皇帝》最后一幕：溥仪临终前回到早已失去的王宫。经历过巨大沧桑之后的溥仪已经满头白发，然而，他的童年却在沧桑之后复活了。他最后一次来到无数眼睛羡慕的金銮殿。此时，他没有伤感，没有失去帝国的悲哀，没有李后主的流水落花春去也的慨叹。他一步步走上阶梯，走近王座，然而，他不是在王座上眷恋当年的荣华富贵，而是俯身到王座下去寻找他当年藏匿着的蟋蟀盒子。盒子还在，蛔蛔还蹦跳着，这是他一生中最美好的瞬间。一切都已灰飞烟灭，唯有这点童趣还活着。小盒子里有蛔蛔，也有他自己。当别人在欣赏王宫王冠的时候，他，皇帝本人，却惦记着大自然母亲给予他的天真。这活生生蹦跳着的蟋蟀比镶满珍珠的王冠还美，一切都是幻象，唯有孩提时代的天趣是真实的。人生要终结了，一个帝国的皇帝最后的梦想不在天堂，而在藏匿于王座下的蟋蟀盒子。小小的蟋蟀盒子，拆解了世俗世界的金字塔，拆解了权力与财富的全部荣耀。

16

秦王朝的丞相李斯，原是上蔡的普通百姓，后来却登上朝廷的尖顶，拥有天子之下最大的权力与荣耀。他自己身居相位，而几个儿子也跟着无比显赫，并且都娶秦公主为妻。当了三川郡守的大儿子回家省亲时，他大摆酒宴，朝廷百官争先朝贺，停在门前的车架有千数之多。可是，在政治较量中他因为败给赵高而落得腰斩咸阳，死得很惨。临死之前，埋藏在他记忆深处的天真突然醒来，他对儿子说：我想跟你再牵着那条黄狗，同出蔡东门去追野兔，还能办到吗？他在人生的最后瞬间，才发现生命的欢乐并不在权势的峰顶上，而是在大自然的自由怀抱之中。陪伴皇帝在宫廷里用尽心机，不如陪伴着狗在原野上追逐野兔。李斯在死亡时刻，突然意识到生命最后的实在，可惜已经为时太晚。

17

丰子恺一辈子研究孩子，他说孩子的眼光是直线的，不会拐弯。艺术家的眼光如同孩子，但需要有一点弯曲。孩子眼里直射的光芒能穿透一切，包括铜墙铁壁。什么也瞒不住孩子的眼睛。安徒生笔下的孩子眼睛最明亮，唯有他，能看穿又敢道破皇帝的新衣乃是无，乃是空，乃是骗子的把戏。王公、贵族、学者、论客、将军、官僚，眼睛都瞎了，装瞎也是瞎。孩子在瞎子国里穿行，孩子在撒谎国里穿行，像太阳似的照着瞒和骗。一旦发现瞒与骗，孩子的眼睛鼓得圆滚滚，然后发呆，然后迷惘，然后惊叫，然后呐喊。我们要给孩子的眼睛以最深刻的信任。

18

贾宝玉含着那一块通灵宝玉和带着女娲时代那一双原始的眼睛来到人间了。宝石亮晶晶，眼睛亮晶晶，于是，眼睛看见朱门玉宇下生命一个一个死亡，钟灵毓秀一片一片破碎。那些最真最美的生命与权贵社会最不相宜，死得也最早。世界的老花眼，怎么也看不惯晴雯和林黛玉。

无端的摧残，无声的吞食，贾宝玉看见了；情的惨剧，爱的毁灭，贾宝玉看见了。世人的眼睛看见金满箱，银满箱，帛满箱；宝玉的眼睛却看见白茫茫，空荡荡，血淋淋。宝玉的眼睛直愣愣，满眼是大迷惘，满目是大荒凉。贾宝玉其实是个永远不开窍的混沌孩子。

19

一直记得英国作家赫胥黎的大困惑和他对世界所发出的提问：为什么？为什么人类的年龄在延长，而少男少女们的心灵却在提前硬化？为什么？为什么那么多少男少女刚走出校门心理就已僵冷？为什么？为什么那么多年轻的孩子在动脉硬化前四十年身心就麻木？这是为什么？为什么人类尚未苍老就失落了那一颗最可爱的童心？赫胥黎面对着的是人类生命史上最大的困惑。他写着写着，写了《滑稽环舞》，写了《知觉之扉》，还写了《美丽新世界》。什么是美丽新世界？那是少男少女以及整个人类的童心不再硬化的世界，那是童心穿过童年、少年、青年时代而一直跳动到老年时代的世界。人们只想到动脉硬化、血管硬化，有多少人想到童心硬化、青春硬化、灵魂硬化呢？“童心不再硬化”，变成诗人的梦与呼告。让我们回应这诗的呼告。

20

十八世纪思想启蒙家卢梭发出警告：人类正在提前堕落，青春期野蛮而残酷。青春生命本是最慷慨和最善良的生命，他们既最爱别人，也最让别人爱。然而，青春王国正在崩溃，青春的眼睛变得阴冷，瞳仁里散发着寒气。二十世纪菲尔丁通过他的《蝇王》再次警告：世界正在失去伟大的孩提王国。一旦失去这一王国，那是真正的沉沦。然而，人类忽略了卢梭与菲尔丁的警告。所以此刻我们不得不又敲响警钟：人类的童年正在缩短。不仅枪械、毒品入侵了孩提王国，而且堂皇的“科技”也在吞没人生的黎明，孩子已变成电脑的附件和电视屏幕的随从。二十世纪的孩子们，赢得了机器，却失去了星辰、月亮、山脉、河流和整个大自然。

21

贾宝玉看见金钏儿投井死了，看见晴雯含冤含恨死了，都是被自己母亲逼死的。本该是大慈大悲的母亲，本该是温情脉脉的母亲，本该是拥抱天下一切儿女的母亲，这回也逼死无辜的孩子。母亲也杀人。贾宝玉亲眼看到母亲也杀人！这是比一切凶残更加令人恐怖的凶残。他绝望了，发呆了，他不能在母亲的府第里再居住下去了。他不能生活在一个连母亲也变成凶手的人间。告别故园，告别自己爱恋过的土地，他远走了，逃亡了。逃亡者身内还有天真，天真者承受不了那个简单的事实：母亲也杀人。看过母亲杀人的眼睛永远带着大迷惘。

22

莫言的《酒国》里有一种婴儿的筵席。酒国的名菜是孩子肉制成的“红烧餐”。肉里伴着许多令人心醉的香料。香喷喷的婴儿肉使酒国金满天下银满天下誉满天下。这个酒肉泛滥的城市，公民们培育婴儿，然后拍卖婴儿，然后杀戮婴儿，然后烹饪婴儿和烧烤婴儿，然后制造具有酒国特色但没有血色也没有血痕的婴儿盛宴。来自四面八方的高等食客们品尝着婴儿肉，唱着醉醺醺的酒歌。歌声里带着人肉味。醉着的歌者不知道是婴儿肉，法律上没有罪。所谓忏悔意识，就是要他们知道自己无意中进入共犯结构进入吞食婴儿的筵席，在良心上应有罪的感悟。

23

孩子无需包装，孩子无需面具。我喜欢金庸《射雕英雄传》中的老顽童周伯通，永远不知人间势利的老孩子。他拾到一个面具，像拾到一个玩物，高兴极了。他不知道面具是什么，只觉得好玩，人的脸面还需要遮拦，好玩；人的真相还需要掩盖，好玩。面具是人的异化物，它对于老顽童永远是陌生的，奇异的。他不知道，人间已布满面具，连庞大的学说也成了面具。没有面具就不能存活，在政治塔尖上左右逢源的风流人物，至少有一百副面具。可惜中国的周伯通快灭绝了。想了好久，想不出几个老顽童的名字。

24

“揭穿假面具是最痛快的事情！”这是瞿秋白临终前的精彩话语。瞿秋白在生命最后的时刻，完全是一个天真的孩子，他坦白说：“我始终戴着假面具。我早已说过，揭穿假面具是最痛快的事情，不但对于动手去揭穿别人的痛快，就是对于被揭穿也很痛快，尤其是自己能够揭穿。现在我丢掉了最后一层面具，你们应当祝贺我！”应当祝贺你，从赤都回到赤子之乡的瞿秋白！你在一个充满包装、充满面具的国度里喊出“揭穿假面具”的赤子之声，并赢得赤子无所遮拦、无所顾忌的大快乐。你生命最后的瞬间是真实也是美丽的。

25

在波罗的海宁静的水滨，站立着安徒生的美人鱼，在风涛中凝固的故事与雕塑。两度和她见面，每一次都是生命的重新相逢，每一次我都呆呆地凝望着她。我知道自己生命中最隐秘的内核与她相通，这内核，便是对爱的期待，一切怅惘都因为爱的失落。面对着她，我还想到民族的脾气与性格。一个名字叫做丹麦的国家，竟然以童话中的美人鱼作为民族的图腾，不怕人们说它幼稚。这样的国家是幸运的，它将永远拥有梦与天真。难怪哥本哈根这样甜这样浪漫。我的故国太老成了，它早已远离童话。高挂的图腾，曾是孔夫子，曾是诸葛亮，虽是圣人与英雄，但缺少天真。我更喜欢美人鱼，更喜欢紧连辽阔沧海的童话。

26

回归童心，这是我人生最大的凯旋。

当往昔的田畴碧野重新进入我的心胸，当母亲给我的最简单的瞳仁重新进入我的眼眶，当人间的黑白不在我面前继续颠倒，我便意识到人性的胜利。这是我的人性，被高深的智者视为浅薄的人性，被浅薄的俗人视为高深的人性。此刻我在孩子的“无知”中沉醉：不知得失，不知输赢，不知算计。大地的广阔与干净，天空的清新与博大，超验的神秘与永恒，还有那个没有任何归属的自己，这一切，又重新属于我。凯旋是对生命之真和世界之真的重新拥有。凯旋门上有孩子的图腾：赤条条的浑身散发着乡野气息的孩子，直愣愣地张着眼睛面对人间大困境的孩子。

27

史匹柏格制作的电影《太阳帝国》是我最喜爱的影片之一。每次看完之后，都忘不了男主角，那个英国孩子Jim。总是忘不了那双迷惘的、困惑的、发呆的眼睛，那双在战争结束后垂挂在肩头上和黑发间绝望的眼睛。

Jim用孩子的眼睛看战争，看到的不是正义与非正义，而是整个世界的不幸，战争双方都不幸，失败者不幸，胜利者也不幸。而他自己，一个孩子，在战争中不仅失去双亲，失去欢乐，还失去全部生活。战争中的世界没有路，战斗不得，逃亡不得，连投降也没人接受。他从小就做着在蓝天里飞行的梦，也被战争粉碎，尽管空中到处都是飞机。战争制造了大地的废墟，也制造了心灵的废墟。战后的Jim，只剩下一双无言的、发呆的眼睛，眼里只剩下一片白茫茫。

28

孩子的眼里没有敌人也没有坏人。唯有孩子真的相信“四海之内皆兄弟”，敌对的双方都是兄弟。然而，战争却在孩子眼里展示出比野兽还凶狠的厮杀。Jim不知道这是为什么。在太阳帝国日本的一方，有让他恐惧和憎恶的战神，也有救援他的、和他一样只做着飞行梦的年少朋友。但是朋友又惨死在密集的枪口下。朋友的鲜血染红了太阳。梦破碎了，战争的神话破碎了，唯有死亡是真实的。唯有孩子的眼睛看清了真实，看清了战争乃是蓝天下的一片血淋淋。

29

看了史匹柏格导演的《E.D》，便知道最能与陌生的大宇宙相通的是孩子。孩子的心灵如同音乐，能破语言之隔，直达天际。人类对假设的外星人充满恐惧，只有孩子对他们没有防范。孩子心中没有碉堡，没有设防。人类通往地球之外的智能生物世界的唯一使者是儿童。儿童的目光，是投向天外的曙光。天使在哪里？天使就在身边。天使就在你的屋里。

30

成年人喜欢寻找神世界，希望神能帮助自己进入不朽不灭的永恒。孩子则喜欢鬼世界。鬼很丑，但活泼、真实、没有架子。孩子没有力量，但也没有邪恶，所以他们不怕鬼。如果真有鬼世界，孩子也能和鬼对话。美国的鬼节，其实就是儿童节。

31

如果说“从一粒沙可看出一个世界”这句话还有些夸张的话，那么，说“从一颗童心可以看清一个民族”就绝无夸大。童心这面镜子才足以照明世界是否衰老。在将死而未死的世界，童心总是彷徨无地。如果童心渴望逃亡，那一定是世界太世故、太苍老了。

32

让人间的暴君最感到头疼的是提问。孩子最喜欢提问，孩子的天性就是提问，《十万个为什么》的书是孩子们最喜欢的书。十万个提问之外还有最简单的提问，这也使暴君感到恐惧：你为什么杀人？你杀了人之后为什么不承认杀人？这是最简单的属于孩子的问题。孩子的天性并不排斥自己的回答。孩子往往能回答学问家无法回答的问题。“暴君三餐的食物就是人。”孩子可能这样回答，简单而明了。

33

萨特说，他永远希望着，但不打扰别人的希望。我设计不了希望工程，但我可以护卫孩子的希望视野，如果让孩子们看到，前辈用功读书、勤奋工作最后的结果是走进牛棚和精神裁判所，这就摧毁了孩子的希望视野。也无所谓希望工程。希望工程不是金钱累积的，它是从儿童时代开始展示的前方景观。希望视野如此预告：未来的美好世界是为诚实的孩子准备着的。

34

尼采说人生必经骆驼阶段、狮子阶段和婴儿阶段。最后是婴儿阶段，我仿佛正在经历这一生命的第三旅程。婴儿不是长不大的生命，而是崭新的心灵存在。在第三旅程中，我所作的是“反向努力”，不是朝前征战，而是向后回归。骆驼把自由化作沉重的责任，背着责任跋涉沙漠。之后，便如狮子去争取自由，为自由而战斗得遍体鳞伤。这之后，便是反向回归，努力创造一个婴儿般的布满黎明气息的新的生命本体。

35

应当救救自己。全部感觉都被改造过了，连眼睛也麻木，连手脚也僵硬，连哭泣也有点走样。全部理念都被冰冻过，同化过，连反教条的文字也带着教条的尾巴。我知道我是我自己最后的地狱，黑暗聚集在地狱里。带着这沉重的地狱，怎么去救孩子，难道要裹挟孩子一起入地狱？明白之后，只想救救自己，只想孩子救救我。

36

童心像天天的日出，天天都有光明的提醒：不要忘记你从哪里来，不要忘记那个赤条条的自己。你不是功名的人质，欲望的俘虏；你不是机器的附件，广告的奴隶；你不是权力的花瓶，皇帝的臣子。你是你自己，你赋予自己成为自己的全部可能。你是山明水秀大地怀抱中的农家子。与高山、流水、田野还有山花山树山鹰关系的总和，那才是你。

37

眼睛的进化是从畜的眼睛和兽的眼睛进化成人的眼睛，并非是从儿童的眼睛进化成老人的眼睛。努力保持一双孩子的眼睛，并非退化。孩子眼睛的早熟，使人悲哀。当我看到孩子疲倦的眼神时，总是惊讶，而看到他们的苍老世故的眼神时，更是感到恐惧。我喜欢看到老人像孩子，害怕看到孩子像老人。

38

俗气覆盖一切的人间找不到一块可以存放心灵的净土。眼泪是为无辜的孩子流的，但无处存放；忧伤是为洁白的生命燃烧的，但无处存放；呐喊是为冤屈的灵魂叫响的，但无处存放。

39

聂绀弩在赠予我的诗中，把我比作哪吒，莲花的化身。这一比喻是人间给予我的最高奖赏，我再也不需要别的奖赏了。自从这一首赠诗出现之后，我的生活便有了路标：往莲花的方向走去，用生命的事实抹掉比喻，让自己真的成为浊水难以染污的莲荷，然后脚踩双轮驰骋于高远的蓝天和平实的大地，切不可在精神雪崩的时代里，让天赋的品格与灵魂崩塌者同归于尽。

40

常常在书桌旁坐不住。窗外是金色的秋天，九月的菊花开得那么动人，白桦树上的每一片叶子都像孩子好奇的眼睛。五十岁之后，我每天都伴随着小花小草小树生活，稿纸上的每一个格子都被花木的芳香所浸润。能生活在这些大自然的婴儿群中真是幸福。我和小花小草都是大自然的孩子，都生活在庄子的《齐物论》中。平等的世界，哲人的乌托邦，就在眼前最平常的园地里。

41

人类伟大的母亲，无论是西方的夏娃，还是东方的女娲，都是赤条条的，她们美丽得无须任何装饰。她们的生命永恒地静止在青年时代，我从未见过她们苍老的脸孔。既然原始母亲如此年青，那么，我自然可以永远是个孩子，如果额头上长出了皱纹，躯体内也该有一双孩子的眼睛。

42

人类下体的遮羞物愈来愈精致。开始是树叶子，以后是麻布，现在则是绸缎，金环、玉饰，还有名号、地位、桂冠，而最精致的遮羞布则是称作“主义”的各种学说体系。有个庞大的遮羞物，苍白、贫乏、专横都不要紧。遮羞物的进化是人类进化的一节故事。我喜欢孩子，孩子不需要遮羞布，他们身上的一切都很美，连撒尿也是美的。我就看过许多孩子撒尿的雕塑，精彩得很。

43

谋杀生命的凶手也许可以找到，但谋杀天真的凶手永远找不到。人类正在用自己发明的电脑、电视、计算机、香烟、书籍谋杀孩子的天真，剥夺孩子的童年，但人们看不到凶手，看不到无罪的罪人。也许，某些时候，我也是谋杀孩子的“同谋”，只是自己不知道。

44

在美国中学校园的草地上，我看到金发少女们在抽烟。烟雾弥漫着，我看到“雾中人”的眼睛非常苍老而且充满倦意。老师只管传授知识，并不留意孩子的眼睛和弥漫的烟雾。美国的学校非常自由。自由带给学生许多快乐，但自由的滥用也抢走了少年眼睛中黎明的亮光。我害怕，害怕看到孩子眼睛里的黄昏景象。

45

我所居住的城市Boulder，发生过一个谋杀女孩的著名案件。电视屏幕上常常出现这个被谋杀的小姑娘美丽的头像。面对照片，我感到双重震惊：天底下竟然有人忍心谋杀这样的孩子；这孩子的眼睛竟然如此成熟。成熟得像她母亲，成熟得仿佛早已看透这个将要谋杀她的世界。这双眼睛传达给我的信息是：她的眼睛没有童年，在她的整个生命被剥夺之前，她生命中的一个部分，生命的天真，早已经被剥夺。

46

回到童年，回到割草砍柴的山冈，回到长满青苔也布满幻想的大榕树下。想着想着，觉得自己真的实现了一种梦，真的步入了人类思想的山峰，真的在那里漫游，真的在那里吸取芬芳。当年采掇映山红的时候，我只想到以后要在另一些山脉里遨游，没想到竟然来到这样的山峦，竟然可以采掇人类思想的鲜花嘉卉。这是多么好的人生，想到这里，我对一切都不抱怨。

47

当年青诗人海子自杀的时候，我觉得自己比谁都要更理解海子。海子是孩子。他太单纯，与一个布满世故布满心机的世界完全不相宜。在需要生存策略的时代里，海子的心灵注定束手无策。与其被时代窒息而死，还不如自我了断。忘记是谁说的话：要抹去孩子眼中的泪水，霪雨洒在蓓蕾上是有害的。只能热爱孩子并用整个身心护卫孩子的世界，不能爱那个践踏孩子的世界。我常用卡缪《鼠疫》里那个约医生的话表明自己的心迹：“我至死都拒绝那个让孩子们受到折磨的世界。”

48

一个民族最隐秘的心灵，很难通过书本去寻找，也无法从外部世界去观察，但可以从孩子的眼睛里看到一切。五四运动时，文化先驱者们发现中国孩子照片上的眼睛是呆滞的，没有光彩。这一发现使他们把拯救孩子的声音喊得更加响亮。今天，我虽看到孩子的眼睛不再呆滞，然而，却看到孩子眼光成熟得太早，甚至已带上成年人的狡黠。我害怕看到孩子眼睛里也绷着一根弦，比当年鲁迅看到闰土眼里的麻木还要震撼。

49

争取人的权利，首先应是争取孩子的权利。而对于我来说，首先是争取童心自由的权利，这一权利就如安徒生笔下那个孩子：可以道破皇帝新衣乃是骗局的权利以及道破之后不受皇帝制裁的权利。对于我，灵魂的主权就是像孩子那样直言直说即童言无忌的权利。

50

罗曼•罗兰笔下的约翰•克里斯朵夫，刚诞生时他的母亲就对他说了一句话：“你多么丑，我又多么爱你。”不管孩子有多少缺陷，但对孩子的信赖不可改变：开始于生命的第一页，而无最后一页。

51

看到世界被无孔不入的市场所充塞，看到人间布满市井气、市侩气，更明白所谓童心，乃是在算计性空气的包围中仍然拒绝算计、拒绝世故的自由存在。

52

孩子的眼光是笔直的，但没有攻击性。

孩子的眼光是炽热的，但没有烧伤力。

孩子的眼光是柔和的，但没有鄙俗气。

53

孩子的眼睛穿透不了目的，常常只看到手段，残暴的手段总是使他们惊恐尖叫，不管目标多么神圣，一看到手段的血腥他们就尖叫。在孩子的心目中，手段重于目的。成年人的眼睛看到伟大的蓝图，还用蓝图来掩饰手段的黑暗。孩子的眼睛比成人的眼睛更可靠。

54

哲学家们批判本质主义，发现了人文宇宙相对论，给人们的思想注入了活水，庄子的齐物论，也是反本质主义的相对论，其思想光辉早在两千年前就映照天地。然而，当下哲学家走火入魔之后却把价值撕成碎片，所有的文化都变成了碎片文化。于是，人间便找不到完整的心灵，也找不到童心。童心已被解构。长此以往，将来的世界就不是孩子的世界，而是痞子的世界。

55

印度的甘地从未被中国接受，但泰戈尔却征服了中国，这种征服，不是耻辱，而是童心的凯旋。它向中国展示着希望：古老的大地仍然有童心生长的土壤，拥抱童心的读者仍然很多。其实甘地也有童心。他的童心深藏在他的非暴力的境界里。他和托尔斯泰心灵相通，与强权抗衡时完全像一个执拗的孩子。

56

孩子最容易让人看到希望，也最容易让人感到绝望。六七十年代，我看到身穿军装的中学生抽打老师，看到他们的眼里发出一种近乎狼的目光，看到他们从早晨到黄昏去捕猎可怜的诗人与作家，而且还听到他们不停地宣布要把人踩上一万脚，叫他永世不得翻身，这个时候，我唯一的感觉，就是绝望。

57

孩子正在变坏，孩子也布满杀气，鲁迅在《孤独者》中写到，“一个很小的小孩，拿了一片芦苇指着我道：杀！”鲁迅不幸言中了。他所写的“一个很小的小孩”在四十年之后，变成千百万个嗜杀的小孩，这些红孩儿被命名为红卫兵。他们的全部本质只有一个字：杀！战歌也是“杀杀杀，杀出一片新天地”。到了美国之后，则看到孩子不仅在喊“杀”，而且真的开枪杀了自己的老师与同学。看到流淌的血，我想到斯宾格勒，他警告说，性、吸毒和暴力，正在进入少年共和国，它将导致西方的没落。可惜西方听不进他的警告。

58

祥林嫂唯一的孩子被狼叼走了（《祝福》）；寡妇单四嫂子唯一的孩子被江湖医生用“保婴活命丸”治死了（《明天》）；华老栓唯一的儿子华小栓吃了人血馒头后昏沉沉地死了。唯一的孩子死了，独一无二的希望死了。希望一旦死得干净，连“唯一”的希望也死亡，留下的便是地狱。但丁在地狱门口看到那些告示说：到了这里，请放下一切希望。

59

鲁迅《铸剑》中的小主人公眉间尺从孩子变成大人，其成熟的标志是复仇理念的觉醒。一旦被母亲提醒，就义无反顾地踏上复仇之路，而且为复仇毫不犹豫地削下自己的头颅。一个彻底复仇者是不考虑任何代价的，也不考虑输赢，只想消灭对方。眉间尺固然勇敢，但他对仇恨的敏感也让我恐惧。倒是余华《血剑梅花》中的少年阮海阔让我的灵魂得到喘息。阮氏少年，是另一个眉间尺，但这是一个失去仇恨意识的眉间尺，一个模糊了“敌人”概念的眉间尺，一个不再为父辈的亡灵抛头颅洒热血的眉间尺。

60

鲁迅在《狂人日记》中让狂人告诉人们：中国人

既被吃也吃人，狂人也吃过妹妹的肉。妹妹是孩子，唯有孩子还没吃过人。鲁迅呼吁“救救孩子”，就是让未曾吃过人的孩子从此退出吃人的历史，退出吃人的结构，退出吃人的大循环。

61

人类的眼睛正在伸延，正在穿越太阳系伸向宇宙的黑洞和黑洞外的无边无际的星云星海。然而，人类常常看不清眼下的孩子的尸首。有一些人看清了，另有一些人想挖掉看清者的眼睛，所以眼下红的血比天外黑的洞还要模糊不清。

62

与动物相比，人类有一伟大之处常被忽略：它不像动物那样注定要走向腐朽——即使是狮子，也难逃愈老愈腐朽的宿命。人类可以在走向腐朽与走向再生的歧路上进行选择。当飘忽的白发在头上预告生命衰老的时候，他们可能转向新生，即以孩子为导师，重新赢得孩提王国的心灵状态，再次让布满早晨气息的天真像旭日从自己的身体地平面上第二次升起，从而远离动物式的溃败。决定一切的不是年龄的多寡，而是心灵状态。无论岁月如何变迁，我的母亲永远是25岁，永远是我孩童时期看到的那个年轻的、秀丽的母亲，她像星星一样永远不会衰老。母亲的情怀是我心灵的摇篮，所以我的心灵也不会衰老。如果不是母亲的眼泪对我性格的软化，如果不是两个女儿的微笑对我心肠的净化，我可能也会变为苍老的、冰冷的石头。

63

世纪初的俄国诗人安年斯基（1858～1905年）这样为孩子请命："你们找我？我已做好准备。他们做了坏事，我们承当。给我们——监牢，但给他们——鲜花……给我们的孩子，人们呵——太阳！"他还接着请命说："孩提时代的生命线更为纤细，这个年龄的时光更为短暂……请不要急于责骂他们，而要不失体面地娇惯。”“假如你们不理解孩子的/低声抱怨——这是不幸，/让孩子低声说话——这是耻辱，最苦莫过——让孩子战战兢兢。”（引自《俄国现代派诗选》，郑体武译）。诗人期待天下的父母都有一副可靠的肩膀，如同天然的屏障，能为孩子承担苦难与“罪责”，也为他们挡住一切恐惧与惊慌，让他们免于恐惧，让他们自由地撒娇，大声地叫嚷，让他们的脊骨正常而正直地生长。这是我们的天职。

64

金庸小说世界是个童心建构的世界。我喜欢这个世界里的理想人物郭靖，他永远带有孩子般的呆傻，不知道“金刀驸马”的价值。当贵族子弟们疯狂地追求驸马的桂冠时，他完全不知道这顶桂冠是什么东西。呆呆的，痴痴的，直到他拥有“降龙十八掌”最高强的武艺时，仍然是个孩子。他修炼修到最高境界时，便是修到保住儿时的那一点呆傻。大智若傻的孩子最有力量。孩子可以拆解权力。《射雕英雄传》是一个童心拆解权力的故事，《鹿鼎记》也是一个童心拆解权力的故事。只是后者更复杂。

65

老子在《道德经》中呼吁“复归于婴儿”，不知拯救了多少灵魂？老子之后两千多年，曹雪芹在《红楼梦》中又塑造了一个富贵婴儿，这就是贾宝玉。这个婴儿在今后的漫长岁月中又不知要启迪多少心灵，贾宝玉作为永远的婴儿，他的心灵是个婴儿宇宙。这个宇宙无边无际，兼容兼爱兼美兼收万物万有，却没有半点污泥浊水，更没有嫉妒、仇恨等人性渣滓。这个婴儿宇宙，是人间最美的生命景观。

66

生命需要氛围，我喜欢生活在大自然的氛围中，也喜欢生活在书本的氛围中，尤其喜欢生活在孩子们天真的空气中。当孩子的晴光暖翠照耀的时候，我仿佛从冬眠中苏醒，人间的寒冷立即就会消失。每个孩子都是太阳，它能化解把人类引向坟墓的朽气。因此，呼唤“救救孩子”时，也该呼唤“孩子救救我”。

67

阅读《幻想的诗学》（法国加斯东•巴什拉著）时，才知道比利时作家弗朗兹•海仑斯有一精彩思想：人的植物性力量存在于童年之中，这种力量会在我们的身心中持续一生。我虽不完全了解海仑斯的“植物性”内涵，但知道植物永远平实与清新，它没有动物的野蛮、凶猛和吞食他者的原始欲望。它是植根于大地并和大地连成一体的没有侵略性和攻击性的力量，是天然而经久不衰地散发着花叶芳香的力量。人一旦丧失天真，便是丧失植物性。一个只有动物性而没有植物性的人，不是一匹狼便是一匹狐狸。

68

罗曼·罗兰，谢谢你，谢谢你读出了托尔斯泰的童心：“《战争与和平》的最大魅力，尤其在于它年轻的心，托尔斯泰更无别的作品较本书更富于童心的了，每颗童心都如泉水一般明净；如莫扎尔德的旋律般婉转动人，例如年轻的尼古拉、洛斯多夫、索尼亚和可怜的小贝蒂亚。……最秀美的当推娜太夏（中译本《战争与和平》译为娜塔莎）。可爱的小女子神怪不测，娇态可掬，有易于爱恋的心，我们看她长大，明了她的一生，对她抱着对姐妹般贞洁的温情——谁不曾认识她呢？美妙的春夜，娜太夏在月光中，凭栏幻梦热情地说话，隔着一层楼，安特莱倾听着她……初舞的情绪，恋爱，爱的期待，无穷的欲念与美梦，黑夜，在映着神怪之火光的积雪林中滑冰。大自然的迷人的温柔吸引着你。剧院中的肉体的狂乱洗濯灵魂的痛苦，监护着垂死的爱人的神圣的怜悯……”（引自罗曼·罗兰《托尔斯泰传》，傅雷译）。

69

托尔斯泰，我永远的偶像。我真喜欢你晚年孩子般的啼哭，你受不了人间的贫穷、苦难、奴隶般的生活。于是你就像婴儿那样哭泣。你的大关怀与大悲悯不像高坐于云端的菩萨，而是像孩子那样推开摆在桌子的肉和米粉团子，“他们在受苦，我们却在吃肉”，你吼叫着，吵闹着，走出家园，像最任性的孩子。你拒绝一切暴力，用孩子的执拗拒绝，用绝对的方式拒绝，什么堂皇的理由都被你撕成碎片。可惜你死得太早。要是再活四十年该多好呵，我一定能听到你诅咒两次世界战争的天真无畏的声音，太多花言巧语的世界多么需要你的声音。

70

谢谢你，伟大的曹雪芹，我心中的另一个太阳。谢谢你给了我一个伟大的礼物：一个良知的家园，一个不朽的故乡。这里的土地被你十年的眼泪所浸泡，这里集合着美貌与心灵都那么精彩的兄弟姐妹，这里跳动着一颗名叫“宝玉”的真情真性的心。如果我的“良知的家园”还没有问世，我的人生该会怎样的寂寞？我的精神之恋该何处寻找依托？怕只能以寂寥对着寂寥，以空漠对着空漠。

贾宝玉的人格心灵何等可爱。在浊水横流的昔时中国，在朽气充塞的豪门府第，他的出现，就像盘古刚刚开天的第一个早晨出现的婴儿，给人以完全清新的感觉。他的眼睛是创世纪第一个黎明的眼睛，与世俗的眼睛全然不同。这双眼睛的内涵让我激动不已，它所看轻的正是世俗眼睛所看重的，它所看重的正是被世俗眼睛所看轻的，于是，这双眼睛迷惘了。虽然迷惘了，却是我今天与未来的旗帜。

71

向你致敬，《西游记》的作者吴承恩。感谢你献给我一个孙悟空，一个淘气的精灵，一颗顽皮而英勇的童心。孙悟空是举世无双的英雄，又是永远活泼的孩子。

没有欲望，没有心机，没有猜忌，没有野心，蔑视所有的权威与教条，蔑视天兵天将天皇帝，却敬佩师父唐僧的大慈大悲。童心不是幼稚，不是无知，童心是不屈不挠、不死不灭的正义的精灵。

72

孙悟空，我真喜欢你的眼睛。你的眼睛在太上老君的炼丹炉里烧掉了一切杂质，却留下孩子的正直。孩子的眼睛是千里眼，云遮雾障，乔装打扮，你都能把它看穿。猪八戒的眼睛老是不明亮，因为世俗的利益把它搅得又混又浊。老子说："圣人皆孩儿。"我补充说：齐天大圣也是大孩儿。

73

你好，地球北角的安徒生。那年我到哥本哈根，到处寻找你的踪迹。我知道你喜欢去哥本哈根的大街小巷漫步，监狱、济贫院、城墙、花园，都全变成你的童话王国。那天我疯了，到处寻找夜莺、丑小鸭、老房子、天鹅巢、单身汉的睡帽、老槲树的梦、墓里的孩子、妖山、红鞋、冰姑娘、买火柴的小姑娘、世界上最美丽的一朵玫瑰……这些全是我童年的梦，全是我的故乡。那天我想起了博尔赫斯，他临终时就想到日内瓦，那是他最后的乡恋。我到了这里，才知道我曾有过锥心的乡愁，渴念的正是你创造的儿童合众国。

74

那个衣不遮体的卖火柴的小姑娘，曾经在哪条小胡同里叫卖？我从小就思念她。她是在离火炉、离圣诞树、离烤鸭只有几步远的地方死去的。在划亮最后一根火柴的时候，她仿佛觉得，死去的祖母把她带到天国里去了，可是，这只是幻象。伟大的安徒生，谢谢你，那么早就送给我这个卖火柴的小姑娘，这个不幸的孩子是人类给我孩提时代的馈赠，有这个小姑娘在心里，我就知道送给人间以光明的人，自己总是站在寒冷的黑暗中。她们知道火炉、烤鸭、圣诞树就在附近，但不属于她。那么近，又那么远，那样几步路，又是那样关山重重。你让我看到这个距离，让我知道怎么为消除这个距离而生活。

75

还有那位母亲。死神夺去她唯一的孩子，她在黑夜中冒着风雪去寻找。为了问路，她把一双眼睛交给了湖泊，用温暖的胸脯去救治冻死的荆棘，最后又用一头黑发向魔力花园的看门老太婆换了一头苍老的白发。为了孩子，母亲把什么都奉献了。安徒生，母亲的伟大是你教导给我的，我的《慈母颂》的灵感是你赋予的。在阶级斗争疯狂的岁月里，我依然爱着天下所有的母亲，包括被称为“黑五类”的母亲，就因为你的伟大的灵魂，早就在我的心坎里播下这个故事。

76

陀思妥耶夫斯基，我向你致意。在我的年轻时代，找不到一个像你和托尔斯泰样的老师。没有一个人像你这样对真理如此渴望。神是不是存在？基督之深、之美、之爱，是不是真理的终极？人类是不是在不自然的状况下被创造出来的？倘若是，这个创造者是谁？你被苦难抓住了灵魂，被真理抓住了血脉。你像孩子不断发问，“一边呻吟，一边探索人生”。谢谢你，谢谢你帮助我知道，生命固然重要，但不仅要渴望生命，而且要渴望生命的意义，我们不必把生命视为重担，但也不能期待生命渴求意义时能够轻松。“基督终身辛苦，我等也不得休息”，这是巴斯噶的话，也是你的心声。

77

《卡拉玛佐夫兄弟》的伟大作者，你笔下的人物伊凡的话让我记取：“我根本不相信凡事该有一定的秩序，只是对我而言，只有春天刚发出的芽，那一股清新透明亮丽的样子，才能引起我的崇敬。”今天这句话依然低回在我胸中。孩子，便是大地春天刚萌动的嫩芽。我对孩子的信赖，对生命初始清新亮丽的活力的敬意，和伊凡的话有关。世上真正有价值的东西，可不就是这清新透明亮丽的生命。

78

你逢人便要询问人生的意义，苏格拉底，这固然太沉重，但是，你是真正的哲学家。什么是古希腊的执著？什么是人类思想的韧性？什么是哲学家的大心灵？苏格拉底便是。伟大的苏格拉底，你多么呆，多么迂，多么任性，硬是要叩问出一个世界的意义来。为此，你竟付出生命的代价。然而，当执行死刑的蠢人把毒汁交给你的时候，你依然只有压倒死神的思索。你最深邃，又最单纯。你最有智慧，又最不知保护自己。彻底的哲学家到底都是个孩子，至死还在挑战蒙昧与世故。

79

大诗人歌德，你是个无神论者，但似乎不彻底。然而，这一不彻底却给你一个对于天才的精彩认识，你说："每种最高级的创造，每种重要的发明，每种产生后果的伟大思想，都不是人力所能达到的，都是超越一切尘世力量之上的。人应该把它看作来自上界、出乎意外的礼物，看作纯是上帝的婴儿……它接近精灵或护神，能任意操纵人，使人不自觉地听它指使，而同时却自以为在凭自己的动机行事。"（引自爱克曼的《哥德谈话录》）你正是把自己看作上帝的婴儿，所以你赢得永不衰老的罕见的幸福与奇迹。浮士德一定会告别玛甘泪和其他情人友人们，因为他们不可能以自由心灵伴随着他的不停顿的伟大而艰辛的脚步，爱他的朋友和情侣一定会要求他把自己的生命纳入文明的秩序之中，然而，卓越的漂泊者永远不可能成为固定秩序的奴隶。

80

我喜欢浮士德，也喜欢唐•吉诃德。唐•吉诃德更富有童心。谢谢你，塞万提斯，谢谢你创造一个没有心机、没有心术、没有心眼、傻乎乎的只知往前进击和打抱不平的呆子。阿Q往后退缩，而且满腹是退缩的理由，而唐•吉诃德一味前进，却说不出理由。他全然不知权力的逻辑与世俗的逻辑，只知生命总得往前走，一停顿就要充当魔鬼的俘虏。阿Q太老了，而唐•吉诃德则是一个永远的大孩子。理由是灰色的，理由的体系也是灰色的，唯有天真天籁如草木常青。唐•吉诃德给我的启示是：个人与庞大的功利社会较量，虽然力量悬殊，但不可丢掉孩子总是往前的逻辑。

81

老泰戈尔，我再次向你致意。如果你还健在，该有多好。我想告诉你：你的早晨与黄昏的飞鸟，一直停留在我的身上。它的最后一根羽毛，写着“我信赖你的爱”。我不需要什么旗帜，只要这一根洁白的羽毛就够了。万古云霄一羽毛，千秋万载我都会记住你这句话。

82

飘拂着满头白发的印度老诗人，我还记住你的另一句话：“上帝期待着人从智能里重获他的童年。”所有伟大的生命都是个小孩，他们死的时候，不是留下尸体，而是把童年留在历史的记忆里。因此，这个世界不会苍老。你如此酷爱世界，虽然世界以痛苦亲吻你的灵魂，你却报予世界以美丽的诗章。你永远是个孩子，所以，你才能发出这样的祝福：让死了的拥有不朽的名，让活着的拥有不朽的爱。

83

“每个婴孩的出世都带来了上帝对人类并未失望的消息”。泰戈尔，想起你这句话，我就不敢轻言绝望。世界仿佛愈来愈寒冷，但是，每一个婴儿的诞生都是一次早晨的日出，一次春天的回暖，一次“末世”的否定。热带的哲人与诗人，你所报告的这一伟大信息，我在这里必须传播，因为此时被金钱所发酵的俗气覆盖一切，世纪末的寒气与躁气又再一次笼罩着人间。

84

想起你的名字，泰戈尔，我又想起了游荡的光波。你说，游荡的光波正像一个赤裸的小孩，欢乐在绿叶丛中，他是不知道大人会说谎的。你不断赞美婴儿又不断赞美光明，原来是因为光明全都漂流游荡在撒谎的国度之外。有人说：离死亡愈近，离谎言愈远。而你从小到老，都远离谎言。

85

在图书馆里面对从亚里士多德到莎士比亚、托尔斯泰的精神大海，我常常情不自禁地伸出手去抚摸他们的著作，像抚摸父亲伟大的肩膀。这个时候，我便觉得自己是个刚刚出世不久的孩子，我所做的一切刚刚开始甚至还没有开始，我的路还很远，我的彼岸也很远，紧跟他们，才能走得很远。

86

通过一粒苹果打开真理大门的大科学家牛顿，你好！谢谢你在临终之前说你只是一个在大海边上拾贝壳的孩子。知识的沧海无边无际，再明亮的眼睛也只能发现海岸边的几枚贝壳。这是少年时代老师转达给我的第一个启示录。因为你的启示，我才把自己界定为一个坐在海边岩石上永远读着沧海的孩子，在沧海面前懂得谦卑的小学生。也因为你的启示，我才明白，真理的发现开始需要孩子直观的眼睛，然后才是智者头脑的逻辑。

87

北美大地上的沉思者，满腹锦绣文章的爱默生，谢谢你告诉我“真正的诗歌就是诗人的心灵，真正的船只就是造船的人”。谢谢你道破“世界上唯一有价值的东西乃是有活力的灵魂”。尤其要谢谢你提示我，古希腊文学之所以具有永恒魅力的秘密：作为悲剧基础的希腊成年人，一举一动都像孩子那样单纯、优美。一个有孩子般的天资与天赋的精力的人，归根结底还是个希腊人。希腊文学不仅使我们“感觉到人的永生，还会让我们感觉到和数千年前的灵魂在同一直觉里相遇，并在相遇中感觉到时间的消失，以至觉得测量纬度和计算埃及的年代没有意义”。（参见爱默生的中译本散文集《美的透视》第138页，湖南文艺出版社）原来，永生的密码在于成年时仍像孩子那样单纯。这些密码不仅带给我生的乐趣，而且还带给我对死的蔑视。

88

茨威格，我向你致意。你六十岁就自杀，怎么如此绝望？可是，我却从你的著作中获得不死不灭的力量。你为异端辩护，把良知自由视为人类至高无上的善与幸福。你说：人不能只是按照暴君的指示去活、去死，不能让恐怖扫除一切生命欢乐的创造活力。专制的暴虐，那是毁灭性的瘟疫，它不仅瓦解个人的意志，而且使社会生存成为不可能。人类社会中幸而有你这样的独立思想者和异端权利保卫者，可惜异端为世所不容，异端保卫者也为世所不容。

89

我还要向你致意，你让我明白孩子的意义。你对抱着婴儿的母亲说，你的孩子不仅属于你，他们还是人类整体生命的儿女，是整个大生命对于自身的渴望所诞生的。你只是创造的中介，并不是创造婴儿的一切。你给予他们爱，但不能给予他们强大的思想与灵魂。这些思想与灵魂在他乡，要由他们去寻找。茨威格，我爱我的母亲，但是，由于你的启迪，我并没有向母亲索取思想与灵魂。我依靠我自己，并按照那个大生命的渴念去工作和劳动。也告诉自己的孩子应当心怀美丽的目标去贴近高贵的灵魂和创造自己的灵魂。

90

你的才华如此灿烂，却又如此谦逊与清醒。成名是危险的，你警告着。你说，“人一旦有了成就，这个名字就会身价百倍。名字就会脱离使用这个名字的人，开始成为一种权力，一种力量，一种自在之物，一种商品，一种资本，而且在强烈的反冲下，成为一种对使用这个名字的本人不断产生内在影响的力量，一种左右他和使他发生变化的力量。那些走运的、充满自信的人就会不知不觉地习惯于受这种力量影响。头衔、地位、勋章以及到处出现的本人的名字都可能在他们的内心产生一种更大的自信与自尊，使他们错误地认为，他们在社会、国家和时代中占有特别重要的地位。于是他们为了用本人的力量来达到他们那种外在影响的最大容量，就情不自禁地吹嘘起来”（引自《昨日的世界》）。你的这些话，每时每刻都在护卫着我的天真天籁，让我免于精神浮肿病，免于功名癖好症，也免于被权力所役，被资本所役，被头衔所役，被地位所役。

91

没有一个作家像你这样蔑视教条主义，蔑视那些专制暴虐的愚蠢的辩舌。我和我的同一代人面对的是如此庞大的教条，庞大得使我们的头颅难以抬起。然而，面对教条，我就想起你的声音：“自从有了世界，五花八门的灾祸就是教条主义者的工作。那些人毫不宽容地坚持自己的观点和意见是唯一可靠的。正是这些狂热性使他们要求按照他们自己的模式统一思想和行动。”教条主义者们仇恨异端，可是他们的心灵一旦被仇恨的乌云掩盖，就变得一团漆黑。茨威格，你让我明白：书本能造就人，但书本也能谋杀人。正是这些教条主义扼杀了灵魂的活力，历史若要往前走，是不能理睬他们那些灾难性的说教的。

92

福克纳，你记得你说过这样的话吗？“二十岁到四十岁的人是没有同情心的。小孩有这份能力却不知道，等知道时，已经没有能力去做了——已经超过四十岁了。……世上的痛苦都是二十岁到四十岁的人引起的。”天然的同情心，这是人类童心的内涵。孩子没有私利，所以他们会天然地拥抱弱者和被凌辱者，会对所有贫穷和苦痛的同伴伸出爱的双手。二十岁之后走入社会，便进入功利社会而参与瓜分人类文明的果实，此时，“占有”压倒同情。诗的使命正是帮助人类守卫住孩提时代的同情心。福克纳，谢谢你的提醒。

93

拉丁美洲的奇才博尔赫斯，你好，你从幼年开始，就对假面具怀着恐惧。在你的小说里，总是把面具与邪恶、谋杀联系在一起。你的《蒙面染工，默夫的医生》，书写一个骗子预言家以金面具掩盖其患麻风病的真面目。你告知人们：世界上最丑陋最可怕的面目却可以用最昂贵、最美的面具包装起来。你以对面具的反感、恐惧和拒绝，表明你对人生的绝对真诚。你把面具撕毁得最彻底，所以你便为自己创造了诗的前提。诗的第一性格是绝对反面具的性格。

94

我向你致敬，冰心老诗人。

你的《寄小读者》养育了我。一个在山野里生长的农家子，在吮吸了生身母亲的乳汁之后，心灵仍然干旱，幸而遇到你。读了你的通讯，我的人生就确定了。什么仇恨也不能把我拉入深渊，唯有童心的向导能把我引入爱的天国。20世纪中国的爱神，我的散文之母与精神之母，请你放心，儿时就确定的道路比什么都更加正直更加坚定，在你的爱的旗帜下，我将是你忠诚的士兵。你没有张爱玲的“深刻”，但也没有张爱玲的“世故”。深刻者自恋而冷漠，而你虽然“浅显”，却让爱与温热长久地向外放射。你是永远的母亲，又是永远的孩子。

在鲁迅呼吁“救救孩子”之后，你却呼吁“孩子救救我”。两种声音都是需要的。对于我，两种声音都是号角。

你在《寄小读者》的开篇就对小朋友做出这样的请求：“我从前也曾是一个小孩，现在还有时仍是一个小孩子。为着要保守这一点天真直到我转入另一世界为止，我恳切的希望你们帮助我，提携我。”你那么早就意识到孩子的纯正之心正是人生的救星。守住孩提时代的天真，避免落入社会的粪窖，便是人生的凯旋。

95

林语堂，辛勤的老乡，我向你致意。你在四十岁的时候，觉得自己是个孩子：“一点童心犹未灭，半丝白发尚且无。”在八十岁的时候，他又觉得自己还是个孩子：“我以为自己是一个到异地探险的孩子”，“我仍然是一个孩子，睁圆眼睛，注视这极奇异的世界”。到了八十岁，还睁着孩子的大眼睛，还好奇地打量着世界，还好事地到异地到一切陌生的地方去漫游、去探险、去发现。在你眼里，无论是中国还是世界，到处都是未经开发的大陆。在大陆上你随意行走，如同一个小孩走进大丛林一般，时而仰望星空，时而俯看虫草。你说你的探险程序中没有预定的目的地，没有预定的游程，也不受规定的向导的限制。

人生的探险不受规定的向导的限制，但是，成功的探险者却在自己的身上找到最可靠的向导，这就是童心。童心把人引向无穷的海洋，引向那些被陈腐的头脑所遗忘的最新鲜的山冈，引向被世俗的眼睛所蔑视的却是最富饶的土地。人间永远不死的向导，就在自己身上。这是无比卓越的造物主和聪慧仁慈的母亲赐予我的向导。

96

丰子恺先生，我向你致敬。你是二十世纪中国的童心，你写的是童心，画的是童心，胸中跳动的是连一层纱布都不包的赤裸裸的童心。你是一个奇迹，一个柔和的、脆弱的、美丽的奇迹，一个没有咆哮、没有风烟、没有喧嚣的奇迹。想起你的名字，我就会想起自己本是母亲摇篮里的婴儿，除了企求温馨的阳光之外，并没有别的奢望。

97

伟大的哲人康德说，在他心头永远燃烧的，只有天上的星辰和地上的道德律。而你，丰子恺先生，你说你的内心宇宙里，只有天上的星辰与地上的孩子。让我重温你的话，“近年我的心为四件事所占据了：天上的神明与星辰，人间的艺术与儿童。这小燕子似的一群儿女，是在人世间与我因缘最深的儿童，他们在我心中占有与神明、星辰、艺术同等的地位。”丰先生，你和康德的话都是我心中的座右铭。在浪迹天涯时，一想起你的话，我对宇宙与人生就充满情意与爱意。只要仰望天上的神明与星辰，我的分裂以至破碎的心思就会神奇地凝聚起来，在人生的江津渡口，就会做出一个简单但又正确的抉择。神明、星辰是人类伟大的向导，艺术与孩子也是人类伟大的向导。

98

你太爱孩子，太珍惜人类的本真，所以你不忍心人随着年岁的增大一步一步地走进社会肮脏的泥潭。为此，丰子恺先生，你甚至希望造物主能把人的寿命定得更短暂一些。这样，人类可多保持一些纯真，可“减少许多凶险残惨的争斗”。与你相似，曹雪芹也有这种动人的心思，所以他让自己最心爱的少女林黛玉、晴雯们，都带着孩子的天真与天籁离开人世。她们全都没有涉足社会后的肮脏故事。你的理想多么幼稚，但你的理想又是多么洁白。

当学者们在谈论人类进化的时候，丰先生，你却发现个体生命无可挽回的退化。人的一生是一个退化、老化过程。你最怕孩子的老人化，最怕看到儿时的那些天真勇敢的小伙伴一个个退缩、顺从、妥协、屈服，从小老虎变成小绵羊。你祝福孩子的心永远留在孩提王国的黄金世界里，反叛勇敢退化，反叛天真退化，反叛人类之爱退化。丰先生，你知道吗？你的文章一个字一个字地在我身上注入反叛的力量。我是一个反叛者，我知道我美好的一切都是在反叛中实现。

99

几次从巴黎的香榭丽舍大街走过，都要在凯旋门的空地上停留。此时，总是想起你，伟大的雨果。想起你在一八四二年三月三十日的那一天，你在这块空地上注视着一个美丽的小孩，她在草地里寻找最早开花的香堇。草地上有三只石膏制作的巨鹰，有曾经在拿破仑出殡时用以装饰香榭丽舍石柱的巨球，但你发现：孩子关注的是香堇，不是巨鹰。你为此沉思良久。谢谢你，雨果，你的这一发现让我激动不已，让我由此想到：一部分人类忙于杀戮、征服另一部分人类，然后以鹰的形象显耀力量，这并非真正的凯旋；唯有人类爱美的天性像香堇飘芳，像孩子那样在大地上跳跃翔舞，才给予凯旋门以真切的意义。

100

一切以孩子为师的诗人、作家、思想家，我向你们致敬。克尔凯郭尔，你有哲人的大脑袋，但你总是以孩子为师。你曾说：谁能给我孩子的好心肠？在想象的或真实的需要将人投入忧虑与沮丧中，使人低沉或气馁时，人喜欢感受孩子有益的影响，并向他学习，于是心灵安宁下来，并以感激之情拜他为师。因为孩子，你在艰难中找到支柱，在忧虑中找到安宁，在气馁中找到力量，在坎坷中找到不屈不挠的勇气。孩子是你身上的原始宇宙，天真、坦率、正直、诚实、原创的灵感和思想的第一推动力，全在这不会衰老的鸿蒙世界里。北欧的哲人，在你的形而上的沉思里，人之所以伟大，就因为他师法孩子。

我曾祈求造物主，祈求不要收回他们赋予我的天真与天籁，祈求真与善永远不要离开我。如今，我于冥冥之中终于找到一条路：师法孩子，追随孩子，回到童年那一片清新明丽的心灵原野。

附录一

散文诗的特性 <<<<<<<

——答《人民日报》副刊编辑部问

问：有不少青年读者喜爱散文诗。写散文诗的作者也渐渐多了。你能否向读者谈谈散文诗的特点是什么？它与诗歌与散文的区别何在？

答：如果必须用一句话来概括散文诗的特征，似乎可以这么说：散文诗是一种比诗“实”一些、“自由”一些，而比散文“虚”一些、“凝练”一些的文体。

散文诗兼有诗性和散文性，或者说，兼有诗美和散文美，只有两种美兼而有之的散文诗，才是典型的散文诗。

但散文诗的本质还是诗，它是诗所派生的，是诗体的一种变形。所以茅盾说它是“散文形的诗”。这种本质，要求散文诗必须具有诗的某些重要美学特征，如诗的情绪、诗的象征，特别是我国诗歌传统所注重的诗的意境。但只要有诗意，并能表现历史的真实与时代的真理，便可灵活一些，可以写实，可以想象，甚至可以像鲁迅那样写梦幻，不能认为写梦幻就是越轨的。然而，不应把散文诗写成寓言。

散文诗又不同于诗。首先，它比诗更自由。它用散文形式表现诗的情绪，摒弃了诗的韵脚、音节、行款等负累，而保留诗的内在情韵。郭沫若在他的散文诗《鹭鸶》中形象地说：“鹭鸶实在是一首诗，一首蕴在骨子里的散文诗。”郭沫若道破了散文诗的诗美所在：它不在形式上，而在骨子里——在骨子里蕴蓄着诗的精髓。但散文诗不受诗的某些形式的羁绊，因此，它比诗自由，也比诗自然。其次，它比诗“实”一些。它吸收了散文尚实的优良素质，允许在自己的躯体内注入一些有诗意的、散文性的细节描写、情节叙述以及人物对话等，这些被诗筛选过的细节、情节、对话保留在散文诗中，使得散文诗比诗具体，较少诗歌的那种抽象性（在各种艺术门类中，音乐最抽象，诗歌次之，音乐概括不了的，就让给诗，诗概括不了，就让给散文诗）。

但散文诗与散文的界限仍然是很清楚的。第一，散文诗的本质是诗，而散文即使写得很有诗意，其本质还是散文。第二，散文诗比散文“虚”一些。所谓虚，一是在进行细节描写与情节叙述时，不能像散文那样细致，那样详尽，而应当提炼得单纯一些。二是必须具有哲理感。哲理感对于散文诗来说，是特别重要的。它是区别散文同时也是区别其他文体的一种优良特性。没有哲理感，就不能进入散文诗的较高境界。第三，散文诗比散文简洁、凝练，带有更高的浓缩性。即使写长篇散文诗（我国现代几乎没有人尝试长篇散文诗创作），其中的每一节，也应当是很凝练的浓缩体，以免冲淡读者头脑中的诗意印象。

散文诗虽然兼有诗与散文两者的若干美学特征，但并不是两者机械的凑合。把它看成散文形式和诗内容的相加，并不妥当。它是两种美学素质经过融合后而升华出来的一种独立的新文体。我国在“五四”初期就开始了散文诗的尝试（刘半农最早尝试散文诗创作），但到了鲁迅的《野草》才出现第一次成熟，并结束了散文诗两栖于诗与散文的命运，真正地层开自身独立发展的历史。

散文诗由于具备上述特征，特别是它有美好情感的寄托，有社会人生的哲理，因此，它与青年的审美心理特点尤其合拍，容易得到他们的共鸣。正因为这样，它不会灭亡，而且在八十年代又再度兴起。

附录二

我找到了自己，而且忠实于自己 ‹‹‹‹‹‹‹

我从事散文诗创作的时间并不长。因此，并未形成所谓的创作“历程”。但为了说明的需要，我想把自己的创作过程截成两半，一半是一九七九年以前，一半是这之后。前半段，我所写的汇集成《雨丝集》，由上海文艺出版社出版。重读这个阶段的作品，我觉得自己是纯洁的，但还是幼稚的；情感是美好的，但又是简单的。那时，责任编辑谢泉铭同志与我素不相识，他接到我这部“思想火花”式的稿子，大约也是这种感觉。但他是一个热爱青年并善于培育青年的编者，他坦率地指出我这些散文诗带有较浓的“学生腔”，然而，他还是决定要出版我的集子。他让我删去集子上那些缺乏形象感的部分，然后由他编选出一百二十小节，每小节都给我加了一个标题，就这样，我的薄薄的第一本散文诗集出版了。《雨丝集》的交稿时间是一九七八年。这之后几年，我开始了自己思想动荡的年月，我对自己的过去进行反思，情感的活水日益在我胸中流畅奔涌起来。到了一九七九、一九八〇年，这种波动达到了高潮，我觉得自己经受了一场精神的蜕变。在蜕变中，我感到自己身上丢掉了很多东西，也增加了许多东西，尽管这种新陈代谢的内容我说不清，但我意识到这是我进入人生道路之后第一次自觉自愿地进行精神上的自我改造。这种改造，是清除历史浩劫投到我心中的尘埃。

我的散文诗集《告别》，记录下了我在精神蜕变中的一些心迹。在这种蜕变中，我写下了自己的忏悔和新的追求。我在写作时只是想把内心裂变时的痛苦宣泄出来，并没有想得太多。在龙潭湖畔，我独自坐在草地上，一首一首地写，每产生一首，都觉得一阵轻松。我常常在写下一首之后伴随着一串眼泪。直到最后，我才理解自己正在经历一次自我意识的觉醒，一次自尊心、自爱心的觉醒。在写作中，我重新记起我是大地的儿子，并向大地母亲倾诉我的不愿意死亡的童心，我的不愿意死亡的良知。

也是在写了这些散文诗之后，我才觉得写诗重要的并不是什么技巧。我并不否认，任何文体都有自己的艺术规范，作家必须意会出不同文体之间的微妙差别，并熟练地驾驭某种文体。但是，一旦进入创作，这些规范其实都变得无能为力。真正强大的，真正成为创作动力的，只是心灵中那些迫不及待地想迸射出来的火光，是那些久久郁积于胸中的痛苦。大约也是这种创作体验，使我坚定了一些文艺思想。近年来我的文学论文，一再说明的大半也是这一点，即作家最重要的，应当有自己的心，有自己的灵魂，有自己的人格。作家任何时候，都应当忠实于自己的良知，写自己心里想说的话，把脉管中真实的血的蒸气，奉献给正直的读者。

忠实于自己，并不是忠实于自己那些狭隘的一己利益。一个诗人和作家最不幸的，就是无法从自己狭隘的小天地中超越出来，无法摆脱世俗观念的奴役，屈服于心灵之外的诱惑和压力，而背叛作家的尊严。人与人的差别，作家与作家的差别，最根本的是境界的差别。作家的幸福，就是能体验到超脱世俗偏见的自由，能以创造超越痛苦，以爱超越邪恶。作家的自我实现，就是实现自己的创造力量和爱的力量。这种实现应当把爱“推己及人”，推向每一个角落，每一个心灵。作家的使命感并不是抽象的，它有最广义的具体内容，这就是自己的心灵时时与全人间的苦恼相通，时时都关心着祖国、人类的命运，时时都负载着人间的疾苦和罪恶。正如鲁迅所说的，博大的诗人，应当与天堂之极乐及地狱之大苦恼相通。这是很重要的思想。诗人所以成为诗人，正是他对人间的痛苦特别敏感，他天生有一种神经，这种神经能与天下的慈母之心、赤子之心息息相关。他的一生都充满着几乎是神经质的同情心，任何人间的不公平和缺陷，都会使他惶惶不安。能感受到人间的一些缺陷，才能为改变这种缺陷而发出心灵的呼吁。使命意识，说到底是忧患意识。这种忧患不是个人的顾影自怜，而是先天下之忧而忧的大爱之情。诗人常常流淌着真诚的泪水，就是这种忧患意识的表现。我在《太阳•土地•人》中写了《我不再害怕眼泪》这首诗，就是认为眼泪正是人的灵魂的一部分。人的觉醒往往是从眼泪开始的，刘鹗在《老残游记》的序言中说："盖哭泣者，灵性之现象也，有一分灵性，即有一分哭泣，而际遇之顺逆不与焉。"人的忧伤，所以能在诗中显示得很美，就因为它是人的真实灵魂的一种动人的呈现。文学史上一些杰出的作家，都有"离骚"精神。离骚与反离骚，可以说是文学史上两种基本不同的文学脉络。文学作品蕴藏着"离骚"精神，蕴藏着关心人民，关心祖国，承担天下之忧的文化精神，才可能是动人的。说眼泪是人的灵性现象，并不过分。人只有懂得同情，才有灵性。我觉得自己在写《仁厚的地母，爱之神》、《我们一直等待着她》、《开在小河边的微笑》、《假如我设置一个地狱》，以及最近写的长散文诗“寻找的悲歌”等篇时，都是常含着眼泪的。也是写了这些诗，我才意识到自己从人的情感表层进入了情感深层。我的骨头，我的心，我的头颅再也不那么轻飘飘的，而是沉甸甸的。我开始感到灵魂的沉重，感到散文诗负荷的沉重。

也许有人会说，你讲忠实于自己，你讲主体情绪，这岂不是脱离了时代，割断了人与历史的联系？不，我深深地感谢时代，正是这个风云变幻的时代，把我推到各种生活的漩涡中，使我获得了痛苦的人生体验，使我更了解太阳、土地、人。又是时代，使我从痛苦中清醒过来，使我能对逝去的岁月和青春进行反思，并允许我把这些内心的痛苦真实地表现出来。我觉得我的每一首散文诗，都在表现自我，但又都是在表现自我对时代的感受。自我的情绪正是得之于时代。如果说，我的后几本集子比第一本集子有前进的话，那么，是因为我感悟到，除了我内心世界本身就是诗的对象之外，身外那个巨大的客观存在物（包括时代），它一旦进入我的诗，也必须经过我的主体情感的同化。它在我的主体炼炉中变形、变态、变质。大海在我笔下，是一部可读的书；榕树在我笔下，是一支生命的进行曲；波浪在我笔下，是情爱的信笺。而时代，进入我的情感世界之后，也不是别人看到的时代，而是我的主体审美眼睛看到的时代，是我作为实践主体体验过的时代。在我眼中，每一朵小花、每一棵小草都是我，都是我的朋友，也都是我所理解的时代的发言人与见证人。有些朋友以为表现人的主体情感就会失去与历史和时代（历史阶段）的联系，这其实是一种误解。有了主体情感，失去的“联系”是表面的、机械的联系，而获得的却是深邃的联系。人是历史实践的主体，离开人，历史是空疏的。我深信，只有主体意识的普遍觉醒，才能产生全身心感受时代的诗。如果作家诗人主体性普遍丧失，文学作品中的时代、历史，将是一种纸板式的、空洞的历史，甚至只是一种虚假的、骗人的历史。历史学家对时代的精确描述必定超过诗人，但是，历史学家永远不可能像诗人那样以自己全部主体的深挚情感去拥抱时代，去与历史建立血肉式的联系，没有这种联系的血肉，就没有诗，当然也没有散文诗。

返回散文诗 <<<<<<

广东旅游出版社决定把我的散文诗“原集”和在海外所写的散文诗选集一起出版，以把我的散文诗完整地保存下来，并分五册陆续推出。此事让我衷心高兴。

今年二月四日，我在Denver美中华人交流协会的年会上作了一场题为“第二人生的心灵走向”的演讲。讲话的主题是说近年我的人生正在作“反向努力”，即不是往前走——不是往追求更大功名、更多财富、更高权力的方向走；而是往后走——往相反的方向即返回童年、返回童心的方向走，也就是往老子所说的“复归于婴儿”的方向走。因为具有这种“反向意识”，所以我才发现了《红楼梦》乃是一部意象性的伟大“心学”，才明白贾宝玉那颗仿佛是创世纪第一个黎明诞生的最纯粹的心灵，也才和《三国演义》及《水浒传》中那些机心、凶心完全划清界线。在生命作“反向努力”的时候，于文化阅读上，我相应地“返回山海经”，回到中国那种只知道建构（补天、填海、追日等）,不知得失的原始情怀。而在情感表述上，我则“返回散文诗”。散文诗的情感单纯、清新、明丽、质朴，如同婴儿的歌哭，即使写得有点雄奇，那也是“童言无忌”的伸延与发展，并非矫情。总之，散文诗乃是“自鸣天籁”。所谓“返回散文诗”，便是返回自鸣天籁的境界，不管写作什么文体，包括写作“论文”，我也希望自己不要摆出学问的姿态，而只是发出个人真实的如同天籁的声音。

写作散文诗，原来只是为了调节自己的心境。从事学术研究，整天被概念、范畴、逻辑所包围，生命缺少乐趣，于是就想写诗。没想到，愈写愈高兴也愈写愈多,并拥有许多知音。游走到日本、菲律宾、马来西亚、美国及欧洲诸国，我都遇到单纯而热情的知音，这才明白，诗如音乐，更容易进入人们的心灵。

余英时先生对我说，你的诗文是无心插柳，其效果反而是“柳成荫”了。余先生所言极是。

不过，我到海外所写的《漂流手记》十卷，大部分属于散文，只有一小部分属于散文诗。现在我的表弟叶鸿基先生把这一部分集中起来，编辑成册，命名为《又读沧海》，作为丛书的一种。散文诗介于散文与诗之间，这是常识。关于散文与诗的区别，论说很多，但在我看来，除了外形式（诗分行有韵律等，散文则不必）不同之外，内形式还有一大分别，这就是诗可以“曲说”，即可隐喻、暗示、通感等，而散文则只能“直说”，即直接表述散文作者的思想和情感，因此，我曾把散文定义为作家人格的自我雕塑。那么，散文诗的好处，正是它既可以直说，也可以曲说，它无须诗的音乐节奏，但有内在情韵；它无须散文那样叙事，但比诗更实更具体一些；它可自我塑造，但塑造的是内在的心灵性形象，而非外在的实体性形象。我选择散文诗作为写作的一种重要手段，是因为在使用这种文体时心手都比较自由，文学是最自由的领域，我所以选择这一行业，便是为了自由，如果写作时反而被概念或被某种文体所“物化”，这等于“心为物役”，还不如不写。写作散文诗时，我没有被“物化”、被“异化”的感觉，反而觉得写作时个体精神赢得了飞扬，自由赢得了实现。

喜欢散文诗写作，还和我从中学时代就迷恋上泰戈尔有关。我在国光中学读书时，泰戈尔和莎士比亚几乎同时进入我的眼睛。打开《飞鸟集》的第一页和打开《罗密欧与朱丽叶》的第一页，感觉是相同的，从那时候开始，我就知道，我的人生不会属于牛顿、达尔文那个世界，只能属于泰戈尔与莎士比亚。果然，五六十年来，我始终没有离开过这两位伟大诗人的心灵与智慧，也没有离开过他们的语言方式。

二〇一二年二月二十八日

于美国马里兰